偽りの貌（かお）
古来稀（まれ）なる大目付
JN077111
藤 水名子
時代小説
二見時代小説文庫

目次

偽りの貌(かお)——古来稀(まれ)なる大目付2

序

「もう、よい」

稲生正武が不機嫌に首を振った途端、座敷に流れていた陽気な音曲がピタリとやんだ。

芸妓たちは踊りをやめ、地方は演奏をやめ、幇間は拍子をとるのをやめて稲生のほうを一斉に顧みる。賑やかだったお座敷に、不意の静寂が訪れた。

「皆、下がってよい。しばしお客人と二人きりで話をする故――」

稲生は言い放ち、目顔で初老の幇間を促す。座を取りもっているのがその幇間だからである。

「へ、へい、仰せのとおりに――」

幇間は軽妙に受け答えると、

「さあさあ、皆の衆、ここは旦那の仰せのとおりに。お呼びがかかるまで、隣りに控えておりやすよ」

先頭に立って部屋を去る。芸妓や三味線弾きたちはぞろぞろとそのあとに続いた。

その人数、少なくとも十人以上はいただろう。座敷にいたすべての者が、退出した。

ただ一人、松波三郎兵衛正春を除いて――。

三郎兵衛は終始仏頂面で、目の前に置かれた膳の酒肴には一切手をつけず、左右に侍った妓が頻りに酒を勧めてくるのも黙殺していたが、ポツンと一人取り残されてしまうと、ふと夢から覚めた顔つきになり、

「なんだ、宴はもう終いか」

自らもゆっくりと腰をあげかける。

「では儂も帰るとするかな」

「ま、松波様――」

すかさず進み出て、稲生正武はそれを制止した。

「どうか、お待ちを。後生でございます」

「…………」

「さ、どうか、ご一献――」

自ら酒器を手に取り、三郎兵衛の盃に注ごうとするも、

「うぬの勧める酒など飲めるか。どうせ毒でも仕込んでいるのであろうが」

三郎兵衛は朱塗りの盃を手に取ろうともしない。

「め、滅相もない！　だ、誰が、松波様に毒を盛ったりいたしましょうや」

「白々しいぞ。殺そうとしたくせに」

「そ、それは、違います！」

稲生正武は懸命に言い募った。

「た、確かに、過日尾張様の手の者を装って松波様を襲ったのも、松波様のお屋敷の御門前でそれがしが尾張様の手の者に襲われたかの如くに見せかけましたのも、松波様の御看破なされたとおり、それがしの奸計にございます。それについては、申し開きはいたしませせぬ」

「ほう、認めるのか」

三郎兵衛は少しく感心して稲生正武の顔に見入った。

(意外だな。てっきり、あれこれと虚言を弄して誤魔化すつもりと思うたが、認めるとはのう)

だが、額に一筋汗を滲ませた真摯な表情すらも真心の欠片もない芝居とすれば、彼はその一芸だけで充分芝居小屋の花形役者となれよう。

（とはいえ、こんなつまらぬ男の芸に金を払う者はおらぬだろうがな）

三郎兵衛は思い、思うとつい、口許が弛む。三郎兵衛の表情が弛んだその一瞬を、稲生正武は決して見逃さなかった。

「申し開きはいたしませぬ。すべてそれがしの浅知恵にていたしたること、このとおり、深くお詫び申し上げまする」

三郎兵衛の気持ちが僅かに弛んだ瞬間、稲生は畳に両手をつき、深々と頭を下げた。

「このとおりでございます、松波様。どうか、お赦しくだされませ」

「…………」

「どうしても赦せぬとあらば、この場にて、それがしをお斬りくだされ」

「おや、そうか」

稲生の猿芝居がいよいよ佳境にさしかかったところで、三郎兵衛はつと真顔に戻り、

「なれば、この場にて直ちに遺書を書け、次左衛門」

冷ややかな声音で言い放った。

「え？」

当然稲生は不審顔でチラッと三郎兵衛を盗み見る。

「喧嘩両成敗は御神君の定めし天下の御定法。貴様を斬れば儂もただではすまぬ。

そんなこともわからぬと思うたか？」

「…………」

「貴様のような奸物を斬って、腹を切るなど真っ平だ」

「で、では、お許しくださいます…か？」

窺うように――そして極めて遠慮がちに問い返したのは、それこそが、稲生の狙いであるためだろう。

「いや、赦さぬ」

当然三郎兵衛は首を振る。

「え？」

「それ故、遺書を書けと申しておるのだ。遺書を認め、しかる後自害せい。儂が介錯してやる」

「…………」

「どうした、できぬのか？　上役である貴様を手にかければ、喧嘩両成敗で儂も腹を切らねばならぬ。儂が腹を切れば、松波家は最悪御家断絶、よくて閉門だ。可愛い孫もおるというのに、そんな愚かな真似ができるか。……だが、貴様が自ら腹を切るのに手を貸し、介錯するというのであれば話は別だ。それならば、罪には問われぬ。それ故、儂に斬ってほしくば、『もうこの世に生き厭きたので死にまする』と、遺書を書け」

「そ、そんな……」

「できぬのか?」

「そ、それは、その……」

「話にならんな。その気もないのに、軽々しく死ぬなどと言うな」

「も、申し訳ございませぬッ」

「これ以上、くだらぬ茶番につきあっておれぬわ」

と再び腰をあげかければ、

「どうか、それがしの話を聞いてくだされ。お願いでございます、筑後守様ッ」

その足に取り縋らんばかりに稲生は身を投げ出し、三郎兵衛の行く手を阻んだ。

「…………」

「お赦しいただくまで、お帰しするわけにはまいりませぬ」

「おい、次左衛門」

三郎兵衛はさすがに困惑した。

先程立ち去った宴席の者たちは皆、いつ呼び戻されてもよいように、隣室に控えている。その隣室に、稲生の声は筒抜けだろう。果たして稲生には、そのことがわかっているのだろうか。

(承知の上で、この凄まじい芝居をしているのだとすれば、見上げたものだな)

三郎兵衛は密かに感心した。

先日、殿中のお廊下でその襟髪を引っ摑んで締め上げてやってから、既に半月近くが過ぎている。

それ以後、三郎兵衛は怪我を理由に登城していなかった。実際には、刺客に襲われた折の怪我などとっくに治っていたが――。

だが、大目付筆頭の稲生正武からは、ほぼ連日に亘って使者が遣わされていた。用件は、兎に角お詫びがしたいので、どうか一度お出まし願えまいか、というものだった。三郎兵衛は何の返事もせずに追い返していたが、毎日決まった時刻に訪れる生真面目な顔つきの使者が気の毒になったのと、稲生が一体どういう了簡でいるのか、ふと興味が湧いた。そこで、

「何処へ出向けばよいのだ?」

使者の間で寸刻待たせたあと、三郎兵衛は問うてみた。

「御駕籠を用意してございますので、どうか、その御駕籠にて、それがしとご同道く

だされませ」

忽(たちま)ち満面に喜色を滲ませつつ、使者は懇願した。

蓋(けだ)し、三郎兵衛を招けぬことで、連日主人から口汚く面罵(めんば)されていたのだろう。その苦痛の瞬間がなくなるのだと思えば、喜びが漏れ出てしまうのも無理はない。

(駕籠まで用意しているとは、どう考えても、悪しき企みのある証拠ではないか)

と承知しつつも、つい好奇心に負けて、三郎兵衛は稲生正武からの迎えの駕籠に乗ってみた。いざとなれば、三郎兵衛の身辺警護を任されたお庭番の桐野(きりの)がなんとかしてくれるだろう。

(さては、空き家にでも連れ込んで、斬るつもりか?)

が、駕籠が三郎兵衛を運んだ先は、吉原(よしわら)でも相当格式の高い揚屋(あげや)であった。

座敷には、当然酒席が設けられている。

(本気か、次左衛門?)

芸妓が大勢侍る宴席に通され、三郎兵衛は首を捻(ひね)った。

酒色で籠絡しようとは、稲生正武ほどの知恵者にあるまじき浅知恵である。

それとも、三郎兵衛に奸計を見抜かれ、「殺すぞ」と威(おど)されたことで、すっかり錯乱(さくらん)してしまったのか。

三郎兵衛が終始不機嫌であったため、折角の宴席が却って不興を買ったと悟った稲生は、直ちに芸妓らを下がらせた。

沈着冷静な稲生らしい、実に賢明な判断であった。

「策を弄したことは認めまするが、松波様のお命を奪うつもりなど、さらさらございませなんだ。それだけは信じてくださりませ」

稲生正武が強く主張したのは、その一点であった。

「それがしはただ、尾張様に対する上様のお気持ちを変えていただきたかっただけなのでございます」

「命を奪うつもりはなかったと言うが、貴様が雇った刺客どもは、本気で儂を殺しに来ていたぞ」

心底辟易しながら、三郎兵衛は応じた。

「松波様のお腕前なれば、必ずや凌いでいただけるものと信じておりました」

と稲生は必死に言い繕ってから、

「あの者共は、所詮人の心を持たぬ鬼畜の如き者、手加減せよ、と事前に言い聞かせたにもかかわらず、平然と刃を向けたのでございます」

途中からは憤慨する口調になり、ぬけぬけと述べた。

(なるほど、そういう感じでくるわけか)

三郎兵衛は呆れると同時に、少しく驚いた。新鮮な驚きであった。

金で雇った刺客が、言いつけに従わず、暴走した。当の刺客がほぼ死に果てている
いま、稲生の言葉を覆(くつがえ)す証拠はない。証拠がない以上、

「どうか、それがしをお信じくだされませ」

と言う稲生に向かって、

「貴様のなにを信じろと言うのだ」

と言い返すわけにはいかなかった。

仕方なく、三郎兵衛は無言で稲生正武の顔を見返した。

(危険を冒して儂を始末するよりは、なりふり構わず言いくるめ、籠絡したほうが得策と思うたか。……まあ、どうせ殺すなら、この皺首(しわくび)も、なにかに利用したほうがよいからのう)

三郎兵衛はそう得心し、得心すると、

「のう、次左衛門」

ふと口調を変えて稲生に呼びかける。

「お赦しいただけますか、松波様」

「ああ、赦す」

三郎兵衛はあっさり肯いた。しかる後、

「呼び戻せ」

短く告げる。

「え？」

「折角大枚をつぎ込んで妓女や芸妓を買いあげたのであろう。このまま帰しては勿体ないではないか」

「あ……」

三郎兵衛の言葉に、稲生は漸く安堵したのだろう。忽ち満面に、隠しようもない喜色が滲む。

「では……では、それがしと酒宴をともにしていただけまするか」

「ああ、儂一人を接待するための宴席に惜しげもなく注ぎ込んだ金子を、うぬの誠意と受け取っておこうではないか」

「恐れ入ります」

三郎兵衛の言葉をまともに受け取った稲生正武は、遂に満面の笑みで応えてから、

「おーい」

平然と隣室に向かって呼びかけた。

すると次の瞬間襖(ふすま)が開き、華やかな衣装の一団が、何事もなかったかのように入ってきて、最前と同じ賑やかな宴がはじまった。

「どうぞ」

若い妓女からさしかけられる酒を三郎兵衛は素直に受け、飲み干した。


「さればでござるッ」

酔いがまわってきたのか、稲生正武は、また一段と声を張りあげた。

芸妓たちは既に舞い終わり、席を去っている。二十畳はあろうかと思われる広い座敷に、いまは三郎兵衛と稲生の二人きりだ。それ故一層、よく声が響く。

「そ、それがしも、長年幕府の禄をはむ身の上、すべては、上様の御為(おんため)を思うが故の企みにございまふる」

一言発する毎(ごと)に、稲生の語調は激しさを帯びるが、同時にその言葉つきはあやしいものとも変わっていった。

「で、ですから、それがしは……」

「わかっている。上様の御為を思い、尾張様を潰そうと企んだのであろう。だが、それは浅はかな考えじゃ」

「ま、まことにそうでございましょうか？」

仕方なく応じる三郎兵衛に、稲生正武は怖いほどの真顔で問い返してきた。

「…………」

「尾張様の所有する御領地とそこから得られる石高を幕府の直轄とできれば、どれほど幕府の財政が潤うことか……松波様はお考えになられたことがござらぬか？」

「ないな」

「これはしたり。何故お考えになられたことがないのでございます？」

「仮に、尾張家のような御大家（ごたいけ）がお取り潰しになったとしたら、どれほど多くの者が扶持（ふち）を失い、浪人として世に放たれることになるか。貴様こそ、その意味を考えたことがあるのか？」

「…………」

「上様は、決してそのようなことを望んでおられぬ。それ故、宗春（むねはる）殿の隠居で、すべてを丸くおさめられたのだ」

「…………」

「畏れ多くも臣下の身で、要らざる斟酌をするものではないわ」

殊更強い語調で三郎兵衛は言い放ち、それを最後にこの話題を終えるつもりであった。だが、その途端、

「わかっております……」

稲生正武は不意に頭を垂れ、その背中を小刻みに震わせて、身も世もない悲愁を見せたのである。

「それがし如き者の浅知恵など……《まむし》殿のご叡智には遠く及びませぬ。……上様が、松波様ばかり御重用なされるのも、む、無理はございませぬのじゃ」

「おい、なにを言うのだ、次左衛門」

三郎兵衛は些か慌てた。

相手が徐々に酔態を見せはじめているのはわかっていたが、ここまで急に態度が変わるとは思わなかった。

「だって、そうではございませせふぇぬか……」

完全に呂律があやしい。

「松波様は、上様のお気に入りにござれば……それがしなどは……」

「上様は、そのほうをこそ御重用なされておられるではないか。若くして奉行職をた

まわったのが、その証左じゃ」

「いいえ！　上様は、それがしの役人としての能力だけを重宝してくださるのであって、へっして……人としてお気に召してくだされては…おっ、おられませぬぅ……」

「…………」

三郎兵衛が言葉を止めたのは、何故稲生が執拗に己を招きたかったか、その真の理由が漸く見えてきたためだ。

稲生正武は、なにより、三郎兵衛によって上様に告げ口されることを恐れているのだ。なんの証拠も残していないのだから、公に糾弾されることはない。仮にされたとしても、言い逃れる自信はある筈だ。

が、吉宗と三郎兵衛との関係性の中で、たとえば鷹狩りの折の雑談の際などにそれを話題にされることを、稲生正武は極端に恐れている。

(困った奴だな)

三郎兵衛にとっては、息子ほどの歳の男だ。

責めようとも思わないし、もとより吉宗に告げ口しようなどというつもりはさらさらない。殿中で締め上げ、軽く威したことで、すべてすんだと思っている。

が、稲生のほうでは、どうやらすんではいないのだろう。

なりふり構わず三郎兵衛に泣きつき、すべてなかったことにする、と約束してほしいのかもしれない。

（約束ほどあてにならぬものはない、と知っていように……）

いつの間にかガクリと項垂れ、動かなくなってしまった稲生正武を無言で見つめながら三郎兵衛は思った。

（やれやれ）

内心深く嘆息しながらゆっくりと腰を上げ、席を立とうとしたとき、

「ど、何処へ行かれるのでござる、松波様ッ！」

不意に目を覚ました稲生が血相を変えて三郎兵衛を見た。

「ま、まさか、それがしを一人残して……お帰りになられるおつもりか」

大きく身を乗り出し、三郎兵衛の袴の裾に取り縋らんばかりの勢いだ。

「厠じゃ。すぐに戻る」

「ま、まことに？」

「まことじゃ」

とぞんざいに言い返しつつも、三郎兵衛は乱暴に振り払うことはせず、相手が手を

離してくれるのを根気よく待った。五十を過ぎたいい大人だが、いまは駄々っ子のようになっている。強く振り払えば執拗に縋りついてくるだろう。

やがて稲生が自ら手を離すのを待ち、

「すぐに戻る」

三郎兵衛はもう一度同じ言葉を繰り返してから、座敷をあとにした。

（もうこうなれば、完全に酔い潰れるのを待ち、駕籠に乗せて帰すしかあるまい）

用を足して稲生の待つ座敷に戻る際、三郎兵衛の気は重かった。

稲生のいる座敷に戻って、またもやからみ酒の相手になるのはもっと気が重いが、面倒くさい酔っぱらいを一人揚屋に遺して帰るのも気がひける。当然身分を伏せ、微行（おしのび）の態（てい）ではあるが、揚屋の者は素人ではないから、大方の見当はついているだろう。まさか二人とも大目付だとは思うまいが。

重い足を引き摺るようにして戻る途中、密やかな話し声が、ふと三郎兵衛の耳朶（じだ）に忍び入った。

「確かか？」

「はい、確かでございます。この階の一番奥……紫蘭（しらん）の間（ま）に入って行くのを、この目で見ました」

「確かに、稲生下野と松波筑後の二人なのか？」

（なに？）

己の名が室内から漏れ聞こえたことに、当然三郎兵衛は奇異を覚え、その部屋の前で足を止める。

障子に耳を押し付けるような真似はしないが、中で管弦の音が鳴っていないためか、話し声は存外筒抜けだった。

「はい。稲生下野と松波筑後の二人に間違いございませぬ」

「大目付が二人も揃っているとは、有り難い」

「しかも、供もろくに従えず、微行で……」

「片付けるのに、絶好の機会ではないか」

「はい。しつこく稲生のあとを尾行けてまいりました甲斐がござったというもの
——」

「すぐに、人を集めて大門の外で待たせておけ。帰り道を狙おう。……稲生は兎も角、松波は七十過ぎの爺だ。好色との噂も聞かぬし、まさか泊まりはすまい」

（なにをぬかすか）

多少憤然としながら、三郎兵衛はその部屋の側を離れた。

廊下の外れ、庭に面した欄干の前に立ち、

「桐野」

三郎兵衛は虚空へ向かって低く呼ぶ。

「はい」

即座に——だが、三郎兵衛が予測したのと全く違う方向から短く応える声がする。

「先程の……聞いたか？」

「はい」

「あの部屋の客は何者だ？」

「おそらく、西国の藩の江戸家老とその腹心ではないかと……」

「西国か？」

「はい。言葉つきから察しまするに、おそらく……」

「西国の、何処の藩かまではわからぬか？」

「さあ…そこまでしかとは……おそらく、京・大坂よりは西であろうと思われまするが」

「そうか」

三郎兵衛は少しく考え込み、しかるのち桐野の声が聞こえてくるほうに目を向けた。

(え?)

闇に目を凝らしてみて、些か驚く。

桐野は、庭先の松の木の傍らに、しどけない女の姿で佇んでいた。実年齢も性別も不明な、不可解極まりない存在ではあるが、女中のお仕着せである梅の裾模様の赤い着物を身につけていれば、ちゃんとそう見えている。確かに、揚屋の中で、誰にも見咎められずに行動するには最も適した姿であるため、声をかけねば三郎兵衛も気がつかなかったかもしれない。

(たいした芸だな。……お庭番というものは、このように、どこにでもごく自然に紛れ込めるものなのか)

密かに感心しながら、

「次左衛門はあのとおり酔い潰れておるし、儂も酒を過ごした。今更刺客の相手をするのは面倒じゃ」

だが三郎兵衛はわざと投げやりな言葉を吐いた。

「なんとかせい、桐野」

「はい」

「なんとかできるか？」

桐野が、あまりにあっさり返答するのでちと不安になり、三郎兵衛は問い返す。

それが不満だったのか、

「はい、大門の外で待ち伏せる刺客を、始末いたせばよろしいのでしょうか？」

桐野は逆に問い返してきた。やや不機嫌な語調であった。

「あ、ああ……」

不得要領（ふとくようりょう）に、三郎兵衛は肯く。

「始末せよ」

「つきましては――」

桐野は、つと口許を袖に押さえつつ、三郎兵衛のいる欄干のほうへと近寄った。

「な、なんだ？」

三郎兵衛は少しく焦る。

「もうあと、半刻ほどはこちらにおとどまりいただけますでしょうか？」

「半刻か？」

「はい。半刻ほど――」

「半刻でよいのか？」

「はい。半刻ほどもあれば、充分かと存じます」

「だが桐野――」

三郎兵衛はふと思い、踵(きびす)を返しかける桐野を呼び止めた。

「肝心の奴らのほうは、半刻のうちに人数を揃えられるのか?」

「あの話しぶりから察するに、奴らは何処かほど遠からぬところに人数を伏せ、呼べばすぐに馳せ参じられるようにしてあるのでございましょう」

「そうか」

「では、それがしはこれにて――」

その場で軽く目礼し、桐野は忽(たちま)ち姿を消した。瞬(また)きする間のことであった。

桐野が去ったあたりの闇間に視線を注ぎつつ三郎兵衛は思案した。

(それにしても……)

(大目付二人を一度に始末してしまおうとは、なんと大胆不敵なやつばらよ)

一方では舌を巻いてもいる。

大目付を始末しようというからには、何れ(いず)臑(すね)に傷持つ、わけありの藩であろう。果たして、どのような不正を働いているか。それをどう曝(あば)き、どう始末をつけるか。三郎兵衛の思案は、専(もっぱ)らそのことに向けられていた。

第一章　予期せぬ来客

一

「殿ーッ」

　黒兵衛（くろべえ）の声が遠くで聞こえる。

　それまでは、この上なく心地よい気分であったのに、その声が聞こえた途端、何故か嫌な気分に変わった。

（いつもながら、騒々しい奴だな）

　最初は遠くに聞こえていたその声は、徐々に近づいて来るようだ。

「殿ーッ、殿ーッ」

　三郎兵衛を呼ぶ声とともに、ドスドスと行儀の悪い足音も響く。

(儂が養子に入った当初は、箸の上げ下ろしにまでいちいちケチつけおって……斯様に行儀の悪いことでは御旗本の御当主は務まりませんぞ、などとぬかしくさったくせに、己はなんだ)

三郎兵衛は無意識に舌打ちする。

黒兵衛は、目下の分家からきた養子の三郎兵衛を、頭から小馬鹿にしていた。松波家の家風に合わぬ、ともぬかした。世の中に、これほどいやな爺は他に二人とおるまい、と三郎兵衛は思った。

妻を娶り、後継ぎの男児をもうけ、順当に出世していったことで、漸く三郎兵衛を当主と認めるようになったが、あの頃の腹立たしさをすっかり忘れたわけではない。寧ろ、執念深く覚えていて、いつか意趣返ししてやろうと思っていた。

この四十年近く、我ながらよくも我慢していたものだと思う。

(幼い勘九郎がおらねば、とうの昔に叩き出していたわ)

思わず、積年の怒りに身を震わせたところへ、

「殿ーッ、殿ーッ、大変でございます。……一大事にございますーッ」

年甲斐もない黒兵衛の叫び声が、ひときわ、けたたましく響き渡る。

三郎兵衛は、つと目が覚めた。

（なんの騒ぎだ）

不機嫌に目を開く。

書見中、どうやら脇息に凭れてうたた寝をしてしまったらしい。

三郎兵衛は慌てて己の顔を袂に拭いつつ、居ずまいを正した。書見していて居眠りしてしまったなどという、如何にも年寄りくさい行いを、己より年上の黒兵衛には絶対に知られたくない。三郎兵衛なりの見栄だった。

「殿ッ、一大事にございますッ」

うたかたの夢から覚めた三郎兵衛がいつもの彼の鋭い表情に戻るのと、全力で走り込んで来た黒兵衛が障子の外に跪くなり言うのが殆ど同じ瞬間のことだった。

「何事だ、騒がしいッ」

舌打ちしつつ、三郎兵衛は障子を開けて黒兵衛を叱責した。

小柄で皺くちゃ——昔話に登場するような老爺が小さく縮こまり、困惑している。

「そ、それが……と…当家の御門前に、町方の者共が……」

「なに？」

「と、当家に賊が逃げ込んだ故、その身柄を引き渡してほしいと……」

激しく息を切らせながら黒兵衛が告げた言葉に、当然三郎兵衛は首を傾げた。

通常、町方の手の者が武家屋敷に踏み込むことはあり得ない。

だが、罪人の引き渡しを要求するということは、事実上屋敷内の捜索を認めろ、という脅しにほかならない。大目付ほどの身分の松波家に対してそこまで強気に出られるのは、それだけ確たる自信があるからだろう。

(北町の月番か)

反射的に思いつつ、

「石河(いしこ)も門前に来ておるのか？」

三郎兵衛は問い返した。

「はい。お奉行自ら、手勢を率いておられます」

「さもありなん」

三郎兵衛は軽く肯(うなず)いた。

武家屋敷を捜索するのに、与力同心だけを遣わすというのは傲慢(ごうまん)すぎる。武家屋敷の重い門も、奉行が自ら出向けば、たまさか開くこともある。三郎兵衛自身が、ほんの少し前まで勤めていた町奉行時代に身につけた知恵である。

(しかし、土州(どしゅう)め……)

少し前まで相役であった、北町奉行・石河土佐守(とさのかみ)政朝(まさとも)のくそ真面目な顔を思い浮かべ、三郎兵衛は内心激しく舌を打った。

石河政朝は、昨年（元文三年）北町奉行に任じられ、南町奉行の三郎兵衛とは約一年ほども相役を勤めた。

歳は五十三。例によって、三郎兵衛にとっては息子のような年頃だ。それ故、彼なりに遠慮していたのだと思う。

石河政朝は、元々文官的な資質を有する能吏であった。年甲斐もなく武闘派の三郎兵衛とは水と油のようなものだ。それ故に、相役としては巧く機能した。

北町が月番のときは専ら事務処理に専念し、三郎兵衛が奉行を務める南町の月番には火盗改と張り合うほどの捕り物を行い、多くの下手人を捕らえた。

（とはいえ、あやつ、華々しい手柄をほぼ南町に奪われたことを、実は腹に据えかねていたのかもしれぬ。食えない奴よ）

それ故の意趣返しに、嫌がらせをしに来たとしか、三郎兵衛には思えなかった。

屋敷に賊が逃げ込んだなどとは、どうせ言いがかりだ。旗本屋敷の護りは、それほど甘くはない。それにいまは、お庭番の目も光っている。

「それで、如何なる賊が当家に逃げ込んだというのだ？」

言いがかりとは思いつつも、一応三郎兵衛は問うた。仮に言いがかりであろうとも、それなりの名目がなければ、武家屋敷に踏み入ることはできない。一体どんな名目をでっちあげてきたのか、些か興味があったのだ。

「盗っ人でございます」

「なに、盗っ人だと?」

「はい。どこぞの屋敷で盗みを働きました者が、当家に逃げ込むのを見た、と言い張るのでございます」

「そうか、盗っ人か」

感慨深く口走りつつ、三郎兵衛はゆっくりと腰を上げた。

一年のあいだ相役を勤めながら、心を通わすことのできなかった相手と顔を合わせるのは気が重い。ましてや、謂われのない言いがかりをつけ、三郎兵衛の面目を丸潰れにしてやろうと目論むような輩だ。

(もう少しましな者と思うたが、その程度の小者であったか、土州。残念だ)

思いつつ、玄関口へと向かう途中、三郎兵衛は何気なく問うた。

「まさか、捕り方に対して、居丈高に暴言を吐くような真似はしておらぬだろうな、黒兵衛?」

「…………」

黒兵衛は一瞬間答えを躊躇(ためら)った。

躊躇ったということは、図星を指されたからに相違ない。

「おい、黒兵衛」

三郎兵衛は足を止め、顔色を変えて顧みる。

「お前、まさか――」

「と、当然ではございませぬか。た、たかが町方風情(ふぜい)が、御神君以来の直参・松波家の御門前を騒がせるなど、言語道断にございます」

どうせ叱責されることは決まったようなもの、と開き直ったか、殊更(ことさら)憎々しげな態度で黒兵衛は答えた。

（こやつ……）

三郎兵衛が一瞬間呆気(あっけ)にとられたほどの太々(ふてぶて)しさであった。

「たわけめ。奉行の石河は、ついこのあいだまで、儂の相役だった男だぞ」

「殿にとっては息子のような歳の若造にございます」

「もう、よいッ」

鬼の形相で一喝(いっかつ)すると、黒兵衛は流石(さすが)に言葉を失った。

「貴様は出て来るなッ」

黒兵衛を玄関口に留まらせ、三郎兵衛は一人で表門へ向かう。

なにが嫌いと言って、身分や立場をたてにとり、必要以上に尊大に構える輩が、三郎兵衛は大嫌いだ。

仮に、町方や火盗改の手の者が、なにかの理由で邸内を捜索させて欲しい、と言ってきたときは、その理由が正当なものであれば、好きなだけ捜索させてやるつもりでいる。

しかるに、家職の老爺が、歴とした奉行所の与力同心に対して、主家の家格をたてに偉ぶるとは、それこそ言語道断である。ましてや、与力同心の背後には、奉行自ら出向いて来ているというのに——。

（大目付に出世した途端、頭が高くなった、と思われるではないか）

そう思うと、三郎兵衛は恥ずかしさで全身が瘧のように火照った。

そのため、無意識に足は速まり、門に到着したときには激しく息がきれていた。

行儀良く門前に佇んでいた石河政朝は、三郎兵衛を見ると更に居ずまいを正し、わざわざ深陣笠をとってその場で恭しく一礼した。

「これは土佐守殿——」

三郎兵衛もまた、恭しく一礼する。

相役とはいっても、日頃はそれぞれの奉行所にいて、登城したときくらいしか、顔を合わせることはない。最後に会ったのは、職を辞する挨拶の折だから、三月以上ぶりであった。

「先程は、当家の使用人が、不届きにも無礼な物言いをしたようで、まことに申し訳ない」

三郎兵衛は早速辞を低くして詫びを述べ、更に頭を下げる。

「あ、いえ、いきなり御門前を騒がせた当方にも非はございます。御家来のお怒りは当然のこと。どうか、頭をおあげくださいませ」

石河政朝は慌てて言い募る。

その言い様、真摯な様子を見る限り、奉行時代の三郎兵衛の行いを恨みに思い、いやがらせに来たとは到底思えない。すると、下手人が逃げ込んだというのは、本当なのか。

(桐野が目を光らせている筈なのに、どういうわけだ)

内心首を捻りながらも、

「なにやら、当家に御用の向きがおありとか。……ご不審の儀あらば、心ゆくまで探索なされませ」

いたって柔和な顔つき口調で、三郎兵衛は言った。が、

「い、いや、御直参の御屋敷に、いくらなんでも然様な真似はでき申さぬ」

どこまでも生真面目に、石河政朝は首を振る。しかるのち負けじと丁寧な口調で言った。

「実は、こちらの御屋敷に逃走中の賊が逃げ込んだらしい、との報せを受けまして、駆けつけました次第にございます。……それ故、先ずは、怪しき者が御邸内に侵入していないか、お調べいただけないかとお願いいたしております」

「斯様に面倒な手順を踏まずとも、お手前の配下が拙宅に入られ、隅々まで探索されるがよろしかろう」

「えッ」

石河政朝はさすがに驚いた。

町元の相役とはいえ、いまの三郎兵衛は大目付職に就いている。それでなくても、町方に門を叩かれることすら嫌う旗本は少なくない。門前払いも当然だろうと覚悟してきた。

それ故いまのいままで、いきり立つ部下たちをどう宥めるか、そればかり考えてい

たのだ。

それなのに、

「当家の使用人など、掃除と賄いしかしたことのない者たちばかりでござる。万が一、賊が邸内の何処かに潜んでおったとしても、見つけられるわけがござらぬ。それ故、探索に慣れた与力同心がたに調べてもらえば間違いありますまい」

と、満面の笑みで三郎兵衛は言う。

「それは忝い」

と言う言葉を胸深く呑み込んで、

（駄目だ。……《まむし》殿の言うことを真に受けてはならん。どんな後難に見舞われることになるか……）

石河政朝は内心厳しく己を律した。

三郎兵衛とのあいだには、特にこれといった取り決めがあったわけではないが、互いに相手の領分に踏み入ることなく、概ね上手くやってきたと思う。互いに、相手の存在を疎ましく感じたことは、一度もない。親子ほど歳が離れ、気性もなにもかも全然違った二人にしては奇跡といえる。

だがそれは、己の立場を弁え、常に一歩退くように努めた石河政朝の目に見えぬ気配りがあってのことだ。それ故にこそ、三郎兵衛は政朝を認めてくれた。

それを怠り、政朝が出過ぎた真似をすれば、三郎兵衛は忽ち気分を害するに決まっている。そういう経験を、これまで何度も味わってきている。

配下の報告を受けたとき、政朝は正直半信半疑であった。通常、盗賊が行動するのは深夜から払暁にかけての時間帯である。

当然、深い闇の中である。追う側も、追われる側も、終始闇の中だ。大抵は取り逃がしてしまう。仮に、何処へ逃げ込んだのかを見届けたとしても、そんなものは信ずるに足りない。濃い闇の中であれば、十中八九見間違うのだ。

だが、それは仕方のないことだ。

町奉行所の与力・同心たちは、勿論夜回りもするが、だからといって、日頃から夜目をきかせる訓練など行っていない。

それ故、夜間の捕り物は、火盗改に任せればよい、というのが石河の持論だ。折角、火盗改という、凶悪犯捕縛を専門とする戦闘集団が存在するのに、彼らに張り合って下手人を捕らえようなどというのは、とんだお門違いというものである。

町奉行の仕事は、殺しや盗みの下手人を捕らえることばかりではない。

ほんのちょっとした町中の揉め事の仲裁から、商人同士の訴訟の裁決まで、細々した仕事が実に多い。

　いざ訴訟となれば、即座に裁可を下すわけにはいかない。双方の言い分を聞き、その言い分が正しいかどうかを同心に調べさせ、報告を聞いて判断する。多くの手間暇を要する仕事である。

　だが、それもまた、大切な仕事だ。

　そう信じて、北町奉行の職を勤めてきた。

　松波正春が南町奉行の任にあった頃は、年甲斐もなく捕り物好きな三郎兵衛のおかげで、厄介な下手人はほぼ南の月番中に解決してくれた。有り難いことだと思ってきた。

　おかげで石河政朝は、上様から直々（じきじき）に仰せつかった公事方御定書（くじかたおさだめがき）の草案を作る、という作業に集中することもできた。

　しかし、奉行の石河と、配下の与力・同心たちとのあいだには、相当な意識の隔たりがあったらしい。

　石河が有り難いと思っていた南町の働きを、彼の配下の与力・同心たちは、どうやら忌々（いまいま）しく思っていたのである。

「なんで、手柄を全部、南町にもっていかれねばならんのだ。我らとて、同じ町奉行所の同心だぞ」

　というのが、北町奉行所の与力・同心たちの総意であった。

　石河にとっては、くだらぬ見栄にしか過ぎぬ理由で、下手人の捕縛に目の色を変える部下たちが憐れであった。

　それ故、本当はいやだが、与力たちに強く求められるまま、松波家への邸内捜索要請に同行したのだ。

　面倒事に関わりたくない、という理由で彼らの願いを退(しりぞ)ければ、今後部下たちは、石河に対して心を閉ざしてしまうだろう。できればそれは、避けたかった。

（だが、お前たちの追っていた下手人とやらは、最早(もはや)何処にもおらぬぞ。そのことを、心得よ）

　というくらいの気持ちで、石河は来たのだ。

　それ故、

「さあ、入ってくれ」

　といくら当主から言われても、戸惑って入れぬのは当然であった。

「ですが、松波様……」

　石河が困惑しきっていると、

「お奉行様」

彼の背後に控えていた与力が、すかさず石河の袖を引く。

「入ってよい、と言われたのですから、入りましょう」

「…………」

「おう、入ってよいぞ、与力。はよう入って探索するがよい」

「ははッ、有り難く存じます」

石河の体を押し退けるようにして強面の与力がのっそり門内に足を踏み入れようとするところへ、だが、

「な、なりませぬーッ」

血相を変えた黒兵衛が、玄関口の式台から真っ直ぐ伸びた石畳を力強く蹴りつけながら一心に駆け込んで来た。

「だ、断じて、なりませぬぞ、殿ッ！」

「黒兵衛、あれほど出て来るなと言うたであろうがッ」

三郎兵衛は険しい顔で顧みる。

しかし、黒兵衛は全く意に介さず、

「ご、御直参の御屋敷に、不浄役人めを踏み込ませたとあれば、末代までの恥。それ

がし、道三公に申し訳がたちませぬッ」

「黙れ、痴れ者ッ」

三郎兵衛は激昂した。

「当家のご先祖は、道三殿に非ずッ」

「いいえ、道三公でございますッ」

「やめよ、黒兵衛ッ」

「いいえ、やめませぬッ」

「手討ちにいたすぞッ」

「どうぞ、お好きなように――」

「なにぃッ！」

「お奉行様、ご主人の許しはいただきました。早く邸内の探索をいたしましょう」

と奉行をせっつき、中へ踏み入ろうとする与力の前に立ちはだかると、

「許さぬぞ、不浄役人ッ」

「退け、黒兵衛ッ」

「いいえ、退きませぬッ」

「お奉行様ッ」

「さあ、入られよ、北町の方々――」

「では、遠慮なく――」

「な、なりませぬッ」

黒兵衛を退けて与力を招き入れようとする三郎兵衛と、退けられまいと踏んばる黒兵衛、その黒兵衛の脇をなんとかすり抜けようとする与力らが入り乱れ、松波家の門前は火事場の如く荒れた。

「…………」

その混沌とした有様を目の当たりにして、常識人の石河政朝はしばし呆気にとられるばかりであった。

(困った……)

半ば途方に暮れていた。

だが、誰かが止めねばこの事態を収拾できぬとあれば、その誰かは、己に相違ないということも、わかっている。

わかってはいるが、自ら進んで介入したくないのも本音である。

(たかがこそ泥一人を捕らえるために、これほど大騒ぎする必要があるのか)

石河政朝は、正直泣きたくなった。

町奉行の職に就いてそろそろ一年になるが、気苦労ばかりの一年であった。かつてその職にあった大岡忠相(おおおかただすけ)はまさに彼の理想の武士であり奉行であった。その同じ職に就けるだけで、天にも昇る心地であった。

が、現実の厳しさはあっさり理想を凌駕(りょうが)する。

(誰もが、大岡様になれるわけではない)

当たり前だ。資質の違いは勿論、そのときどきで、起こる問題も事件も違うのだ。

そして、いま政朝が立ち向かわねばならぬ難題は、目の前のこの騒ぎである。

「あいや、しばしお待ちくだされ!」

遂に思い決して、石河政朝は言った。

しかし、その途端、誰もが言葉を止め、揃って彼を顧みたため、言ったことを甚(はなは)だ後悔した。慣れないことをすると、忽ち居心地が悪くなる。

やはり己は、座の中心にいるべき者ではないということを、こんなとき、いやというほど思い知る政朝であった。

二

「なんだと⁉」

そのとき三郎兵衛は当然声を荒げたが、さほど激昂しているわけではなかった。

それよりも、腑に落ちぬことのほうが多すぎて、早く事の次第を知りたい、という要求のほうが強い。

「どういうことだ？」

だから、すぐに静かな口調になって問い直した。

「…………」

だが、黒兵衛は答えない。

この老爺が眉間に縦皺を寄せて無言でいるということは、三郎兵衛のいやな予感が概(おおむ)ね当たっているということだ。

「まさか、あのとき我が家には、本当に賊が逃げ込んでおったと言うのか？」

「…………」

「どうなのだ？」

北町奉行所の者たちは、とうとう邸内には足を踏み入れず、虚しく帰って行った。

石河政朝は、結局配下の気持ちよりも、三郎兵衛の面目を尊重したのだ。

邸内に賊が潜んでいようといまいと、町方に踏み込まれるなど、大目付の面目丸潰れである。三郎兵衛がなんと言おうが、踏み込むべきではない。

石河政朝は、松波正春という男を完全に読み違えていたが、三郎兵衛にとって問題なのは、黒兵衛の態度である。

三郎兵衛の言うことをまるで聞こうとせず、奉行の石河にまで暴言を吐いたのは全くもって怪しからんが、ここまで常軌を逸した言動をとるのは、それなりの理由があってのことだろう。多少頑固で融通のきかないところはあっても、それほど攻撃的な人柄ではない筈だ。

それ故、石河らが立ち去ってから、三郎兵衛は黒兵衛を厳しく問い詰めた。

「卑しくも町奉行の職にある者に対して、無礼が過ぎるぞ、黒兵衛。どういうつもりだ？」

「ど、どうしても…町方を邸内に入れたくなかったのでござる」

執拗に責め立てられると、やがて黒兵衛は苦しげに口を割った。

「何故だ？」

「そ、それは……」

口ごもる黒兵衛の様子から、三郎兵衛が察することはただ一つ。

（まさか、本当に賊が当家に侵入しておるのか？）

三郎兵衛は更に黒兵衛を問い詰めた。

黒兵衛も強情だが、三郎兵衛の執念はその上をゆく。

「どうなのだ、黒兵衛？　本当に、当家に賊が入り込んでおったのか？」

「御意」

遂に観念したのか、黒兵衛は小さく肯いた。

だが、三郎兵衛には全く腑に落ちない。

「馬鹿な……」

「ならば、桐野は一体なにをしておったのだ。桐野が目を光らせていながら、何故賊の侵入を許すようなことになるのだ。……さては、あやつ、又候勘九郎めについて行ったのだな。年寄りの相手より、若い者の側にいるほうが楽しいのであろうが、己の役目をなんと心得るか」

苛立った三郎兵衛が、いまにも桐野を呼びそうになる気色に焦り、

「き、桐野殿は、なにも悪うござりませぬ」

黒兵衛は慌てて口走った。

「桐野殿は、屹度御屋敷の何処かにおられます」

「では、何故易々と賊が侵入したのだ？」

「そ、その賊が、桐野殿にとって賊ではなかったからでございます」

「なに？」

三郎兵衛は当然訝しむ。

「一体どういうことなのだ？　わかるように説明せい」

「賊の正体は、若でございます」

「なんだと！」

三郎兵衛の顔色が再び変わる。

黒兵衛は慌てて言葉を継ぐ。

「正確には、若と銀二殿でございます」

「どういうことだ？」

三郎兵衛は、仕方なく同じ言葉を繰り返す羽目になる。

「…………」

だが黒兵衛は再び口を閉ざしてしまった。

悪い癖だ。どうせ言わねばならぬときが来るのに、言いにくいことをなるべく先延ばしにしようとする。

「どういうことだと聞いておるのだ」

厳しい口調で問い詰めるが、黒兵衛には効かない。三十年来の関係である。容易なことで、畏れ入るわけがない。

（こやつ……）

三郎兵衛が胸底より湧き起こる怒りを堪えていると、

「そこから先は、俺が話すよ」

ふと、黒兵衛の背後の襖が開き、何食わぬ顔をした勘九郎が入って来た。黒縮緬の着流し姿である。

「若！」

「勘九郎ッ」

三郎兵衛と黒兵衛とがともに血相を変えて顧みたというのに、当の勘九郎は一向平然としていた。その様子が、三郎兵衛の怒りを煽ることになるとも知らずに——。

「なにをしておるのだ、貴様はッ！」

三郎兵衛は怒声を発した。

勘九郎が三郎兵衛から叱られぬよう、懸命に思案を凝らした黒兵衛の苦労も水の泡というものだった。

「お前たち、儂に隠れて、一体なにをしておるのじゃ」

ひととおり、勘九郎の話を聞き終えてから、深い嘆息まじりに三郎兵衛は言った。

三郎兵衛の前には、勘九郎と銀二が座っている。銀二は畏(かしこ)まり、かなり緊張した面持ちであるが、勘九郎のほうはさほどでもない。

「なにって、いま言ったとおりだよ。聞いてなかったのかよ」

一応神妙な顔つきながらも、全く懲りぬ様子で勘九郎は言い返す。

「銀二兄(にい)と二人で、悪党を懲(こ)らしめてたんだ」

三郎兵衛が苦(にが)い表情をしていることは承知の上の筈なのに、まるで懲りる様子がないのは、己の為したことに余程の自信があるためだろう。

「なあ、銀二兄——」

「………」

無論銀二は応えない。

三郎兵衛の機嫌が手に取るようにわかるから、深く顔を俯(うつむ)けている。

「それは、ご苦労だったな、勘九郎」

怒りを堪えた声音で三郎兵衛は言い、

「だが、一体何処の誰が、そんなことをしろとお前たちに命じたのだ？」

一旦止めて、すぐまた続けた。

「え？」

三郎兵衛の問いに絶句した勘九郎は、はじめて我に返った顔で三郎兵衛を見返す。

「誰に命じられたのかと、訊いておるのだ」

「誰がって……」

「少なくとも、儂はそなたらにそんなことを命じた覚えはないが」

「…………」

「奇妙な話ではないか。儂が命じたわけでもないのに、何故そちらは勝手な真似をしておるのじゃ。解せぬ、全く解せぬぞ」

三郎兵衛の口調は矢鱈とねちっこい。

怒りを一度に吐き出すのではなく、少しずつ小出しにする。老人の悪い癖だ。

（厭味な言い方しやがるぜ）

勘九郎は内心辟易する。

「覚えはないぞ、って言われても……大目付の仕事って、悪い奴をあぶり出して懲らしめることなんだろ。……このところ、爺さん、暇そうにしてたから、銀二兄と相談して、いろいろ調べてたんじゃないか」

「大目付の職務は、あくまで大名の不正を暴くこと。市井に蔓延る小悪党のことなど、町方や火盗改に任せておけばよいわ、たわけめッ」

　三郎兵衛が激しく舌打ちしつつ言うのと、

「申し訳ありやせんでした、御前ッ」

　銀二がその場にサッと両手をつき、叩頭するのとが、ほぼ同じ瞬間のことだった。

　そもそも銀二は、はじめから居たたまれぬ心地で、祖父と孫との会話を聞いていた。

「若に乞われるまま、賭場へなんぞお連れしたのが、そもそも間違いでござんした。御前のお叱りは、ごもっともでございます」

「なにが当然なんだよ、銀二兄。俺たちはなにも悪いことをしてたわけじゃないんだぜ。なにも、謝らなきゃならないようなことはしてないじゃないか」

「いいえ、若も御前にお詫び申し上げてください」

「いやだね」

「若ッ」

銀二の呼びかけにも、勘九郎は不貞腐れた顔でそっぽを向く。

「御前から言いつけられたわけでもねぇのに勝手な真似をしでかしたのは、あっしらの了見違ぇってもんですぜ、若」

「それはないだろ、銀二兄、俺たちは間違ったことは何一つしてないんだぜ。銀二兄だって、八代屋の外道は許せねぇって言ったじゃないか」

「だとしても、せめて一言、御前のお耳に入れておくべきでした」

「それはそうだけど……」

勘九郎が口ごもったのは、痛いところを突かれたからに相違ない。

「だ、だからって、文句言われる筋合いはねぇよ。俺たちは人助けをしたんだからな」

「しかし、やり方が少々強引すぎました。御前のお知恵をお借りしていれば、もっと上手くやれたでしょう」

「なにが強引なんだよ。……娘たちを逃がしてやるのがそもそもの目的だったんだから、あれでよかったじゃねえか」

「ですが、そのせいで賊と間違われ、町方に追われる羽目に陥りました」

「…………」

「それについては、面目次第もございやせん。御前に、ご迷惑をおかけしました」

「それこそ、銀二兄のせいじゃないよ。町方に見つかったのは、俺がモタモタしてたからで……俺が謝るとしたら、銀二兄に対してだ。すまない。俺みたいな素人が、無理矢理ついてったりしたから……」

(こやつら……)

己の目の前で、まるで三郎兵衛などその場におらぬも同然に言葉を交わす二人を苦々しく見据えていたが、夢中で手柄話をする勘九郎の純粋さが、三郎兵衛には次第に愛おしく思えてくる。更には、

(儂の知らぬ間に、勝手に仲良くなりおって……)

いつしか彼らの関係性を羨ましく思っている己に気づいてしまう。

勘九郎は銀二のことを「兄貴」と呼んでいるが、実際には親子と呼ぶのが相応しい年齢差の二人である。勘九郎は、父を知らずに育った淋しさを、或いは銀二によって埋めてもらっているのかもしれず、だとしたら、それには大いに心を痛めねばならぬ三郎兵衛であった。

三

　勘九郎が賭場に出入りしたのは、勿論一度や二度のことではない。放蕩暮らしをしていた頃には、朝から晩まで入り浸っていたこともある。どう足掻いても、博打で儲けられる仕組みにはなっていないのだと気づいてからは、専ら用心棒として賭場にいることが多かった。

　賭場の用心棒は、日に何度も起こる揉め事をおさめたり、負けがこんで自棄になった客をおとなしくさせるのが仕事だから、常に全体に目を配っていなければならない。当然、一人一人の客たちが連れや馴染みと交わす言葉にまで、いちいち耳を傾けてはいられない。

　密偵の仕事は、それとは逆に、個々の者たちの会話に耳を傾けることだった。損をしない程度に、時折少額ずつ丁か半かにはりながら——。

　賭場で囁き交わされる会話には、興味深いものが多かった。

　欲に目が眩み、金に目の色を変えた連中がうわの空で口走る言葉には、存外真実があるものだ、と銀二は教えてくれた。

「聞いたかい、中町の打物問屋の入り婿、おかみさんに内緒で吉原へ行ったのがばれて、叩き出されたってよ」

「中町の打物問屋って、《菱屋》のことかい?」

「ああ、その《菱屋》だよ」

「吉原行ったくらいで追い出されるって、ひでえ話だな」

「あそこの入り婿ってのは、元はお店の手代あがりだから、おかみさんには頭があがらねえのよ」

「ああ、そうだったな」

「だったら、婿養子のくせして、なんだって、そんなだいそれた真似したんだろうな」

「去年跡取りの子が生まれたもんで、この先安泰だと勘違いしちまったんだろうよ」

「跡取りが生まれたなら、種馬は必要ねえわな」

「そもそも、菱屋の一人娘——いまのおかみさんは器量好しって評判だったから、手代あがりの入り婿を叩き出しても、その後釜にすわりてえ野郎はごまんといるだろうぜ」

「なんだよ。まさかおめえも、その一人ってんじゃゃねえだろうな」

「はっははは…まさかよう」

「まさかなあ、ははははは……」

正直どうでもよい、なにが面白いのかもわからぬ他愛ない噂話だ。いままでの勘九郎であれば、なんの興味もなく聞き流していただろう。だが、

「どう思います？」

低く囁く声音で銀二に問われ、勘九郎は当惑した。

「はて、どう、とは？」

「聞いたでしょう。…いまの話ですよ」

「ああ、どこかのお店の入り婿が吉原で豪遊して、家を追い出されたって話か？　別に、興味はないな」

「菱屋の一人娘は、近所でも評判の器量好しだったんです」

「うん」

不得要領に、勘九郎は肯いた。

「そういう娘は、男がほっとかねえ。当人も、別嬪だって自覚があるから、男なんざ、よりどりみどりでさあ」

訳知り顔の銀二の言葉に、勘九郎は無言で聞き入った。つまらぬ無駄口をきくよう

な男ではない。それ故銀二の言葉は常に深い意味を持っている。ここは黙って聞くことだ、と勘九郎は察した。

「たとえば、言い寄ってくる男の一人と、深い仲になったと思いなせえ」

「え？」

「顔だけが取り柄の役者か、ふらふら遊び歩いてる旗本・御家人の冷や飯食いか……火遊びの相手は、まあそんなところでしょうかね。娘は、到底婿にできねえような野郎に孕まされて、世間体を憚った菱屋の先代が手近なところから婿を見つけてあてがった。……そんなふうには思えねえですかい？」

「…………」

「だから、娘が無事に子供を産んで、それが後継ぎの男の子だったなら、形ばかりの婿はもう必要ねえんですよ」

「まさか……」

「ええ、まさかです」

呆気にとられる勘九郎を嘲笑うかの如く、銀二はあっさり肯いた。

「すべて、あっしの勝手な思い込みですよ」

「思い込み？」

「ですが、あり得ねえことではないんです。現に菱屋の娘が途方もねえ男好きだって噂は、以前から囁かれてました」

「そう…なのか」

「そういうことも、あるかもしれねえ、って話です」

顔色も変えず、至極平然と銀二は言ったが、勘九郎は大いに打ちのめされてしまった。

耳に入る人の話というものを、これまで己は、なんといい加減に聞き流してきたものか。

(噂の裏にある真実ってやつを、読み解くことが肝要なんだな)

そう思って行きずりの人の話に耳を傾けていると、これまではつまらぬ無駄話にしか聞こえなかったものが、全く別の色を帯びてくる。

「なあ、《八代屋》の旦那が、吉原の花魁を買いあげたってよ」

「そりゃすげえな。人形屋の旦那が、どうすりゃあ、そんな分限者になれるんだよ」

「なんだ、おめえ、知らねえのか?」

「なにをだよ?」

「八代屋の旦那、人形の商いだけじゃなく、こっそり金貸しもしてるっていうぜ」

「そ、そうなのか?」

「ああ、なにしろすげえ羽振りなんだぜ」

「そりゃあ、すげえな」

「ったく、どうすりゃあ、そんなに儲けられるんだろうな」

「どうせ裏で阿漕(あこぎ)なことをしてるんだろうぜ。まともな商いだけで、そんなに大儲けできるわきゃねえや」

「ちげえねえな」

あまり人相のよくない、与太者(よたもの)風の男たちが交わし合う言葉に、勘九郎は耳を傾けた。

(女子供相手に人形売ってる店の旦那が、金貸しもしてるってのは、どう考えても合点がいかねえ。こいつらの言うとおり、裏で相当阿漕なことをしてるに違いない)

裏を読み解け、とは言われたものの、俄(にわか)にその種の能力が開花するわけではない。とりあえずいまは、耳にした内容をそのままそっくり胸に刻んで、心の従うままに調べを進めるしかない勘九郎であった。

《八代屋》という、主に雛(ひな)人形を商う大店(おおだな)の主人は、頼まれれば金も貸してくれる、という噂が少し前から囁かれていた。

幕府から許しを得ている札差や両替商といった正式な金融業以外にも、人に金を貸す商売はある。一般に、高利貸し、と呼ばれるのがそれだが、その名のとおり、相場の何倍もの利息をとられるので、返せなければ大変なことになる。

《八代屋》がこっそりやっているという商売も、金に困っている者には誰彼かまわず貸してやるが、その代わり決められた期日に返せねば篦棒な利息を払わせられる、というものらしい。

しかし、金に困っている者は少なくなく、誰にでも貸してくれるとなれば、つい飛び付いてしまう者もいるだろう。

当然、高い利息を払えぬ者もいる。

「あ〜、ここんとこ、つきあいで飲みすぎたなぁ。……次の手間賃がもらえるまで、毎日蕎麦だぜ」

「ははは…八代屋の旦那に金貸してもらったらいいじゃねえか」

「馬鹿言え。借りたら、返さなきゃならねえじゃねえか」

「そりゃそうだ」

「返せなかったときはどうするよ。ばか高ぇ利息を払わなきゃならねえじゃねえか。……借金なんて、冗談じゃねえよ」

「なら、毎日蕎麦でも我慢するこった」

「わかってるよ。だからこうして、我慢してるじゃねか」

「けど、利息がなけりゃ、借金してでも美味いもん食いたかねえか？」

「そりゃそうだけど……利息とらねえ高利貸しなんて、あるもんかい」

という相方の言葉をしばし無言で受け止めてから、その男は自ら小首を傾げつつ言葉を続けた。

「それが……あるらしいんだよなぁ」

「え？」

「それが、不思議なんだけどな、借金返せなかったら、普通、金の代わりになんか、カタにとられるもんだろ。家とか娘とか……」

「当たり前だろ」

「八代屋の旦那から金を借りても、なんのカタもとられねえらしいんだよ」

「カタをとられねえ？」

「ああ、不思議なことに、なんにもとられねえらしいんだ」

「まさか。だとしたら、八代屋の旦那ってのは、仏様みてえなお人ってことになるじゃねえか」

（まさか）

聞くともなしに——いや、聞く気満々で、その職人風の若い男たちが交わし合う言葉を聞いていた勘九郎もまた耳を疑った。

勘九郎が、若い職人たちの交わす言葉に耳を傾けているその場所は、猥雑な空気の漂う賭場ではない。八代屋の近所にある人気の蕎麦屋で、飯時であるため、狭い店内はかなり混んでいる。八代屋の近所であれば、八代屋の主人に関する噂話も聞けるかと思い、数日前から張り込んでいた。

狭くて混み合った場所で、聞きたい会話だけを聞き取るのは至難の業である。が、幸い勘九郎は耳が良く、その気になれば店じゅうの話し声を識別できるということを、勘九郎自身が最近知った。

（あの男に限って、人に情けなどかけるわけがない）

八代屋の主人の身辺を探るようになってから、勘九郎は一度、吉原の通りで当人を見かけたことがあった。

見るからに酷薄そうな顔つきの、死んだ獣のような目をした男だった。馴染みの見世の妓たちを大勢引き連れ、大得意で練り歩く様子は、実に傲慢そのものであった。

「そもそもあんな野郎に、人の情けなんてもんがあるわけはねえ」

「人を見かけで判断しちゃいけませんよ、若」

銀二はやんわりと釘を刺したが、彼には彼の思案もあるようだった。

その証拠に、賭場で八代屋の噂話を耳にし、すぐに調べてみたい、と言いだした勘九郎に、敢(あ)えて逆らわなかった。

銀二自身、その噂になにか焦臭(きなくさ)いものを感じ取ったのであろう。

「もう少し、詳しく調べてみましょう」

「どうする？」

「八代屋から金を借りたことのある奴か、いまも借りてるって奴を捜しましょう」

「どうやって？」

「お店にもぐり込むのが手っ取り早いでしょう。金借りてる奴は、そのうち返しに来るか、返せねえ言い訳をしに来るでしょうよ」

「なるほど」

勘九郎は納得した。

銀二が探りはじめてまもなく、八代屋が借金のカタをとらないのは、カタではなく、別のものを要求しているからだということがわかった。

別のものというのは、ほかならぬ、借り主本人である。つまり、借り主本人を、主人の意のままに働かせる、ということだ。

問題は、主人が直々に命じるその仕事の内容であった。

たとえば、近所で評判になるような器量好しの娘を見つけると、その娘の家のことを念入りに調べさせる。

調べるのは、もとより目的があってのことだ。

娘の家が商家であれば陰に日に商売の邪魔をして家が傾くように仕向ける。職人の子であれば、父親に怪我をさせて仕事ができないようにする。兎に角、金銭面で徹底的に追い込む。生活に困窮した娘の親は、当然高利貸しに金を借りることになる。

その金貸しは、必ずしも、八代屋でなくてもいい。問屋仲間のようなものがあるわけではないが、金貸し同士はなんとなく連む。顔馴染みであることが多いので、多少金を積めば借金の証文など容易く流してもらえる。

かくて、器量の良い娘を持つ家の借金証文は八代屋のもとへ集まる仕組みになっている。

が、そこまで調べたところで、暗礁に乗り上げてしまった。

かなりの手間暇をかけ、相応の元手も遣って娘の家の借金証文を集めておきながら、八代屋はその娘たちをすぐにどうこうしようというつもりはないらしかった。てっきり、借金のカタにとった娘たちを、更に高値で売りとばすつもりと睨んでいたのに。

四

調べれば調べるほど、八代屋の主人・為次郎には不明な点が多かった。

本来、吉原の花魁をあげられるほどの分限者であるにもかかわらず、平素の暮らしぶりはいたって地味なものだった。或いは、質素倹約というお上の方針に、上辺だけ従っているのかもしれない。兎角商人は、腹黒いものである。

が、どうやら吉原に繰り出すのも、商売のつきあいのためで、為次郎自身の愉しみのためでないらしいことは、彼を見張るうちに明らかとなった。花魁をあげても、決して床入りは望まないのだ。

(大金はたいて折角馴染みになった女に触れもせず、とは、世の中には妙な野郎が結構いるもんだな)

たまたま見かけた鼻持ちならない様子に勘九郎は反感を覚えたが、確かに人を外見だけで判断するのは間違っている。

日頃は、雛人形という、それほど儲けがあるとも思えぬ品物を地道に商い、少ない儲けで満足しているようだった。

どうやら金貸しは、あくまで為次郎の道楽のようなものらしい。

出身は、上方（かみがた）のほうだということ以外、はっきりしたことは誰も知らず、とっくに四十を過ぎた年頃だというのに、家族はいない。三年ほど前、家族同然だという数人の使用人とともに江戸に来て、当時売りに出されていた下谷広小路（したやひろこうじ）の店を居抜きで買った。

その界隈に同業の店がなかったせいか、商売ははじめから上手（うま）くいった、という。

「わかんねえなぁ」

「さっぱりわかりやせんね」

勘九郎と銀二は額をつき合わせて思案した。

「八代屋は、娘たちを守ってるようにも見えますねぇ。わざわざ証文を集めて、他の高利貸しが手出しできないようにしてるようにも思えますが」

「そんなわけねえだろ。……そもそも、その借金の元を作ったのは八代屋じゃないか」

「それはそうですが」

「なにか、途轍もなく悪いことを企んでやがるのよ。そうに違いねえ」

「どんなことです？」

「それは、わからないけど……」

「若はどうしても八代屋を悪党にしてえようですが、奴を根っからの善人だと考えるほうが、話の辻褄が合うとは思いませんか？」

「…………」

「そもそも、若くてきれいな娘は、誰からも狙われてるもんなんですよ。八代屋は、そういう娘がタチの悪い野郎から目をつけられて身を落とす前に、てめえの庇護下におくことで救っているんですよ」

「そんなことして、八代屋になんの得があるんだ？」

「損得じゃねえんですよ。これは奴の俠気ってもんです」

「本気で言ってるのか、銀二兄？」

「ええ、本気ですとも！」

「見ず知らずの娘が悪党に狙われたら可哀想だからって、自ら私財を投じて、娘の身柄を庇護下におく。庇護下においただけで、満足してる。……そんな奴、本当にこの世にいると思うか？」

「…………」

銀二は返事をしなかった。

頭から八代屋のことを極悪人と決めてかかる勘九郎への意地で、つい心にもない主張をしてみたが、流石に限界であった。

「わかんねえな」

「わかりませんね」

二人はすっかり途方に暮れた。

途方に暮れたその矢先、だが俄に事態が急転した。


そのことに気づけたのは、実は奇跡に等しい偶然であった。

（あの娘は確か……）

相変わらず《八代屋》の周辺を探っているとき、ふと町中で、《豆腐小町》のあだ名で呼ばれる下谷一丁目の豆腐屋の娘を勘九郎が見かけたのだ。娘は、一張羅の紅梅の友禅を着込み、心なしか楽しげな足どりであった。

（妙だな）

親の商売が傾いて多額の借金を背負った家の娘が、着飾っていそいそと出かけて行くなど、奇異な話である。

当然勘九郎はそのあとを尾行けた。尾行に不慣れな勘九郎でも、十七かそこらの無防備な小娘を尾行けるくらいは余裕でできる。

豆腐小町が行き着いた先は、下谷広小路の八代屋の店舗ではなく、鉄砲洲の河口近くにある古びた寮だった。娘が門口に立つと、中から奉公人らしい若い男が顔を出し、恭しく娘を招き入れる。古い家だが、かなり広い造りのようで、中の様子は全くわからない。

(なんだ、あの家は?)

勘九郎が物陰から覗いていると、同じような年格好の娘が、続けて三人、その家を訪れた。三人とも、なかなかの器量好しだった。

(八代屋に借金の証文をとられてる家の娘たちじゃねえのか?)

さすがに察するものがあり、勘九郎はそのまま物陰に身を潜め、しばしその家を監視した。

おそらく、予め刻限が決められていたのだろう。

その後も次々と娘らは訪れ、半刻ほどのあいだに、八人の娘が到着した。

それから一刻と経たぬうちに、銀二が現れた。

「若、どうしてここに？」

「たまたま豆腐屋の娘を見かけたんで、尾行けてきたんだが、銀二兄こそ、どうして？」

「昨日、八代屋から娘たちのところに、『明日七ツ過ぎに鉄砲洲の寮に来るように』って知らせがまわったんですよ」

「なに？」

「鉄砲洲って聞いたときから、もしや、と思ってたんですが――」

「もしや、とは？」

「ここに集めた娘たちを、船に乗せるつもりじゃねえんですかね」

「船に？」

「ええ、このあたりなら、船の行き来は珍しくありませんからね。漁船に見立てた船に娘たちを乗せれば、見咎められることはありやせん」

「だが、なんのために？」

「あの人数を一度に運ぶには、船は好都合ですからね」

「船に乗せて、一体何処に運ぶんだ？」

「さあ、それは……」

銀二は一旦口ごもってから、

「何処に運ばれるかってことを考えるよりも、いまは、兎に角娘たちを船に乗せねえようにするほうが、よかねえですか？」

「ああ、それはそうだ」

強い語調で問いかけられて、勘九郎は同意した。

娘たちを一度に呼び集め、船に乗せて何処かへ連れて行く。

どう考えても、よいところへ連れて行かれる筈がない。一刻も早く、救うべきである。

「だが、娘たちの親は、言われるまま、よく娘をここへ寄越したな」

「八代屋は、娘の親たちに信じ込ませたんですよ」

「なにを？」

「自分が、なんの欲も下心もない、根っからの善人だってことをですよ。日頃から、『金なら、余裕のあるときに少しずつ返してくれればいい』くれえのことは言ってたんでしょうよ」

「みんながみんな、それを信じたわけじゃないだろう。中には、気持ち悪く思う者だっていたはずだ」

「かもしれませんが、現に八代屋はいままで娘をカタにとっちゃいねえんです。信じるも信じねえもねえでしょう」

「……………」

「すっかり信じ込ませたところで、獲物を一気にかっさらう。……ずる賢いやり方です。奴ぁ、筋金入りの悪党ですぜ」

少しく憤慨したように銀二は言ったが、勘九郎は一瞬間呆気にとられてから、

「八代屋の主人は根っからの善人だって言ってなかったっけ？」

責めるでもなく揶揄（やゆ）するでもない口調で問うた。

「……………」

銀二は応えず、二人のあいだには、しばし気まずい沈黙がながれる。

兎に角、なにか動きがあるとすれば日が暮れ落ちてからであろうと予想して、二人は交替で見張ることにした。

五

「それで、夜になってからその娘たちを逃がし、おのれらは逃げる途中で、町方の見廻りの者に見つかり、慌てて屋敷へ逃げ込んだというわけか」

話をすべて聞き終える頃には、三郎兵衛の怒りはすっかりおさまり、勘九郎の言葉に熱心に聞き入っていた。

「銀二がついていながら、随分と無様なことになったではないか」

「それが、娘たちときたら、八代屋のことをすっかり信じきってやがって、『八代屋さんは、私たちをお伊勢参りに連れてってくれるんです』と言ってきかねもんだから、往生したよ」

「なに、お伊勢参りとな！」

三郎兵衛は大きく目を見張る。

「そういう名目で集められたんだろうが、まったくおめでたいよ」

「だが、八代屋は、集めた娘たちを船に乗せようとしただけで、実際にはどうするつもりだったのか、わからぬのであろう」

「そ、そんなの、売りとばすつもりだったに決まってるだろうが」

「どうかな。八代屋が正真正銘の善人である可能性が完全に立ち消えたわけではあるまい」

「ろくでもない野郎どもを、大勢用心棒に雇ってやがるんだぜ。堅気の善人が、破落戸や与太者なんかを雇うかよ」

「用心棒とは、そもそもそういうものだろう。それこそ、善良な用心棒など、この世に一人もおらぬわ」

「まあ、あいつらが出て来て暴れてくれたおかげで、それまで頑として動かなかった娘たちが怯えて逃げ出してくれたんだけどな」

感慨深げに勘九郎は言い、実際そのときのことを思い出しているようでもあった。

鉄砲洲の河口には、常日頃から船が行き来している。

しかし、わざわざ夜間を選んで接岸する船はない。子の刻過ぎにこそこそとやって来る得体の知れない船が、密かに可憐な娘たちを乗せようとしていれば、悪の予感以外のなにものでもない。

（そういや、あのとき、一人だけ、妙に冷静な娘がいたな）

勘九郎はふと思う。

「みんな、ひとまず近くの番屋に逃げ込みましょう。あたしについて来て――」

そのとき、凜（りん）とした声音で言いはなった娘の顔は、残念ながら闇の中で、全く見ることができなかった。

だが、その娘が率先して逃げる姿勢を示してくれたおかげで、八代屋の用心棒と勘九郎たちとの乱闘によって怯えた娘たちを無事退避させることができた。

（皆、無事に親元へ帰ることができたかな）

勘九郎はふと思い、

（しかし、借金の証文が八代屋の手にある限り、奴は何度でも同じことをするだろう。やはり、八代屋をこのままにはしておけぬ）

無意識に固く拳を握りしめたとき、

「縦（よ）しんば、八代屋がよからぬことを企てていたとして、だが――」

三郎兵衛が再び口を開いた。

「え？」

我に返った勘九郎は、驚いて三郎兵衛の顔を見返す。

「八代屋は、小町娘たちをどうしようと企んでいたと思う、勘九郎？」

「そりゃ、売りとばして……」

第二章　陽炎（かげろう）

一

銀二と勘九郎に、引き続き八代屋為次郎のことを調べさせる一方で、三郎兵衛は先日吉原帰りの三郎兵衛と稲生正武を襲おうとした者の正体を探ろうとしていた。

あの夜、桐野は見事に大勢の刺客（しかく）を始末したが、一人だけ生かして主家へ戻すつもりの者にまで、うっかり致命傷を負わせてしまったようだ。

生かされた男は、傷ついた体で懸命に逃れて主家を目指したが、途中で力尽き、やがて事切れた。

「申し訳ございませぬ」

青ざめきった顔を深々と伏せる桐野に向かって、

「そなたらしくもないしくじりではないか」

喉元まで出かかる言葉を、三郎兵衛は懸命に呑み込んだ。

誰より口惜しい思いをしているのは桐野その人なのだ。そんな桐野に対して、それは、絶対に言ってはいけない言葉である。

(桐野はよくやった。……酒に酔うておる上、次左衛門という足手纏いまで連れて、多数の刺客と渡り合うことを回避できただけで、上出来じゃ。そうじゃ、上出来じゃ)

強く己に言い聞かせてから、

「いや、大儀であった、桐野」

できるだけ感情のこもらぬ声音で、三郎兵衛は短く述べた。余計なことは言わぬほうがよい。なるべく無感情に受け流すのが、こういうときの鉄則だ。無闇と憐れまれることを、桐野は望むまい。

そして速やかに話題を変えた。

「それで、座敷にいた江戸家老の顔は、覚えておろうな？」

「はい。早速諸藩の江戸屋敷にて、確認いたします。少々ときはかかりまするが、お許しくださいませ」

「うむ。頼むぞ」

肯いて、低く述べるのがやっとだった。

桐野は、あの夜吉原で見た記憶を頼りに、幾つあるかわからぬ西国の藩の江戸屋敷を虱潰しに調べまわることになるだろう。

三郎兵衛にとっては気の遠くなりそうな作業であるが、お庭番の桐野にとってはさほど苦にもならないのかもしれない。

「はいッ」

いつになく強い語調で肯いたそのしなやかな背中から、妖しく陽炎のようなものが揺らめきだっているように見えた。

それが、一流の術者が放つ《気》の流れだということを、無論三郎兵衛は知っている。長く生きていれば、多くの経験をするし、多くの者とも出会うものだ。

だが、一流の《気》を身に纏える者は、それほど多くない。

桐野は間違いなく、その《気》を身に纏っている。普段はそんなものおくびにも出さぬが、激しく感情が激したとき、まるで溶岩の如く湧出する。外見上は、いつもどおり、なにを考えているかわからぬ風情ながら、確実に、桐野は怒っていた。おそらく、己自身に対して――。

(まあ、難しい男だからな)

とにかく、三郎兵衛は桐野の気分を害さぬことだけを最優先とした。

(些かときはかかるが、桐野は何れ突き止めるであろう。……問題は、矢張り、八代屋とやらの件だが――)

銀二と勘九郎は、三郎兵衛の許しが出たことで俄然張り切っている。

こちらも、相応のときをかければ相応の成果が出るだろう。

(儂だけなにもせず手を拱いているわけにはゆかぬな)

それから数日後、三郎兵衛は裃を着けて登城した。

芙蓉の間には、例によって稲生正武がいる。

「これは、松波様――」

稲生正武は、三郎兵衛を見ても顔色を変えず、先日の遊廓での醜態も忘れたように、平素の稲生の鹿爪らしい顔で一礼した。

「………」

「近頃なにか、物騒な話でもないかと思うてな」

「はて、物騒な話、とは?」

「目安箱に、なんぞ気になる訴えは届いていないかと聞いておるのだ」

「いえ、いまのところ、特には……」

「では、上様に直接お伺いするか」

「え？」

三郎兵衛の言葉を聞くなり、稲生の顔色が一変する。

「う、上様に、でございまするか？」

「この時刻なら、お馬場かお弓場におられる筈じゃ」

「ま、松波様ッ」

一旦下ろした腰をゆるりとあげかける三郎兵衛の裾（すそ）を摑まんばかりにして、稲生は呼び止めた。

「そ、それがし、うっかり……し、失念しておりました」

「ほう、なにを失念しておったのだ？」

「う、上様より、幾つかご下命を受けたる案件がございましたが、それがし一人の一存にては、どうにも裁量できず、ご、ご相談にのっていただけませぬか、松波様——」

「話を聞こう」

心の中でだけニヤリと笑って三郎兵衛は腰を下ろし、改めて稲生に向き直った。

「何度植えても、芋の苗が育たない。どうしたらよいのでしょうか？……なんだ、これは？」

「近頃目安箱に多く寄せられる、巷の意見でござる」

大真面目な顔で稲生正武は言った。

「芋というのは一体なんだ？　芋のことを尋ねたいなら、百姓にでも訊くべきであろうが」

「それがしに言われましても……実際にこうして多数の投書がございますれば、仕方ございませぬ」

稲生正武もまた、三郎兵衛を真似て少しく眉を顰めている。

「そもそも、なんでこのような投書が多数寄せられるのだ」

負けじと三郎兵衛も顔を顰める。

「されば、元は町家の出である青木敦書なる者が、大岡様に登用され、御家人にまで取り立てられたことへのやっかみではございますまいか」

「ああ、あの、青木の文蔵か」

三郎兵衛はすぐに合点した。

面識はないが、人伝(ひとづて)に話は聞いている。

青木文蔵は、元は日本橋の魚屋の一人息子だったが、家業は継がず、京の儒学者に入門して学問に励んだ。幕臣であり、歌人でもある加藤枝直(かとうえなお)とは、その頃に知り合ったのだろう。

のちに、南町奉行所与力となった加藤の推挙により、奉行の大岡に取り立てられた。

三年前の元文元年に、大岡が寺社奉行に転任すると、青木文蔵こと敦書は、薩摩(さつま)芋御用掛という役職を得て幕臣となった。

更に元文四年のこの年、御書物御用達(ごしょもつごようたし)に出世していた。

歳は確か、まだ四十そこその筈だ。

「文蔵めは、西国でしか育たぬものとされていた甘藷(かんしょ)を、見事江戸の地に根付かせたという手柄で取り立てられたと、専ら(もっぱ)世間ではいわれております。それ故、芋さえ育てられれば幕臣になれると思い込む浅はかな輩(やから)があとを絶たぬのでございましょう」

「馬鹿な」

三郎兵衛は即座に一笑に付し、

「文蔵はそもそも儒学者じゃ。文字に明るく、古い書物にもよく通じておることから、大岡様に重用されたのであろう。大岡様の相役であったそちが、それを知らぬはずはあるまい、次左衛門。甘藷の栽培は、文蔵が博識であったが故にたまたま成功したにすぎぬ」

すぐに叱責口調になって言葉を継ぐ。

「お言葉を返すようですが、青木は、下々のあいだでは、『甘藷先生』の名で呼ばれております。つまり、甘藷を江戸に持ち込んだお方としか、世に認識されておりませぬ」

「…………」

「それ故、斯様な投書があとを絶たぬのも仕方のないことなのでございます」

淀みもない口調で稲生正武は言葉を続ける。

「そうか」

三郎兵衛はふと手を打った。

「つまりこれは、甘藷芋の栽培に成功した者を、直参にまで取り立てた幕府に対する批判、というわけだな」

ふと顔つき口調を改めて三郎兵衛は言い、威儀を正して稲生正武に向き直る。

「え？」

「となると、これは、確かに見過ごしにできぬのう」

「え？」

その怖いまでの真顔に、稲生正武は少しく焦った。三郎兵衛のその種の表情ほど、危険なものはない。

「お上に対する不遜な批判ではないか。到底許し難いわ」

「いえ、それはその……」

「卑怯にも、匿名で申し立てるところが気に入らぬ。……屹度、一人残らず捕らえて裁きを下してやろうぞ」

「さ、裁きをでございますか？」

「おお、そうじゃ。さしずめ、敲の上、江戸払いじゃな」

「そ、それは少々厳しすぎるのではございますまいか……あ、いや、そもそもその投書が幕府批判というのは少々……」

稲生正武は懸命に言い募り、言い募りつつ、三郎兵衛の顔色をそれとなく窺う。なにしろ、この男の場合、どこまで本気か、見当もつかない。

それ故、適当に調子を合わせつつも、本気か否かを見極めようとした。

無論、三郎兵衛とて本気ではない。稲生正武の読みは正しかった。妙な案件を三郎兵衛に押し付け、煙に巻こうとする稲生正武の了簡などすっかりお見通しであり、腹も立ったので、少々茶番を演じてやっているのだ。

そのあたりの駆け引きは、つきあいも短くない仲であるだけに、狐と狸の化かし合いにも似ている。

「やや、これは一大事ッ！」

「え？　如何なされました？」

「この書面をご覧じろ。……芋を作ってお上に取り入るような土百姓めは、近いうちに必ずや、そのそっ首切り落としてくれる、と書かれておる。これは明らかな殺しの予告じゃ」

「…………」

「これは、大変なことになったのう」

「悪戯ではございますまいか」

「馬鹿を言え。人の命を狙うなどという悪戯があってたまるか」

「いえ、そういう意味ではなく……この投書自体が悪戯ではないかと——」

「お、これもじゃ。甘藷先生のお命頂戴、と書かれている。目安箱をなんと心得るか、不届き者めらが」

「…………」

「全くもって、怪しからん。……江戸払いではすまぬな。遠島に処してくれよう」

「ま、先ずは少し落ち着かれませ、松波様」

「これが落ち着いておられようか。このような無道を許せば、天下のご政道が立ちゆかぬわ」

「そ、そんな……大袈裟でございます、松波様――」

稲生正武は懸命に言い返した。

この件を持ち出したのは、もとより三郎兵衛を本気にさせるためではない。寧ろ、その逆だ。

だから、なにもすべての投書を三郎兵衛に見せることはなかった。正武自身もすべてに目を通したわけではないものを、安易に三郎兵衛に見せてしまったのは、完全に稲生正武の過失であった。

（まさか、さほどに過激な内容の投書があったとは……）

臍を噛んでも、もう遅い。

「縦しんば悪戯であったとしても、ここまで甘藷先生に対する投書が多い以上、なんらかの調べをするべきではないのか、次左衛門」

「………」

「放っておいて、万一甘藷先生の身になにかあったとき、おぬしはどう責任をとるつもりなのだ」

「そ、それは……」

指摘されて、稲生正武は容易く口ごもってしまった。

本来知恵者である筈の稲生正武が、既に万策尽き、青息吐息の顔つきである。

「どうすれば…よいと思われまする？」

遂に根負けした形で、稲生正武が三郎兵衛に問う。

「先ずは、甘藷先生の身辺を守らせるため、お庭番を遣わすのがよかろう」

「お庭番を、でございますか……」

いまにも泣きそうな顔つきで、稲生正武は鸚鵡返しに問い返した。

「当たり前だ。なにかあってからでは手遅れであろうが」

稲生正武の憔悴しきった表情を内心冷ややかに見据えながら、

(やはりこやつは、威すに限るわ。姑息な小悪党め)

三郎兵衛は密かにそれを愉しんでいた。

弱りきった朋輩の顔を一頻り愉しんだあと、三郎兵衛はまた顔つきを改め、

「で、おぬしは一体どう思っているのだ、次左衛門？」

「え？」

問い返す稲生正武の目に、光はない。

「なにがでございまする？」

「青木文蔵……いや、甘藷先生の才についてだ」

「甘藷先生の才、でございますか？」

「甘藷先生の才が、本当に、直参に取り立てられるに相応しいものかどうか。そなたはどう思うかと訊いているのじゃ」

「と訊ねられましても……」

稲生正武は困惑するばかりである。

「どうなのだ、次左衛門？」

三郎兵衛がやや口調を変え、厳しく問い詰めると、

「されば、甘藷を栽培することにかけては、おそらく、右に出る者はおらぬかと存じます」

やがて観念したように、稲生正武は答えた。

「甘藷の栽培だけなのか？　学者としてはどうなのだ？」

「それは、それがしにはわかりかねまする。それがしは、学者ではございませぬ故。

……なれど、大岡様ほどのお方が認めたる者、決して才がないということはございますまい」

完全に開き直った稲生正武の言葉に、三郎兵衛は概ね満足した。

姑息な小悪党で、出世欲の強い野心家だが、それでも多少よいところがあるとすれば、不器用な正直さを僅かに残していることだろう。僅かながらもそういう可愛げがあるからこそ、三郎兵衛も、結局赦してしまうのだ。

「おや、そちらの書状はなんだ？」

三郎兵衛はふと、稲生正武の懐から覗く白い紙片に目を留めた。どうやら、表面に大目付殿、と書かれているようである。

「ああ、これは別にどうということのない嘆願書でございます」

「嘆願書？」

「此度、越後高柳藩の藩主・丹羽薫氏が大坂定番に任じられたのを機に、所領を西国に移してはどうか、という話になりまして――」

「国替えか」

「ところが、転封先の播磨加東郡上三草は新規の土地故、陣屋を新設せねばなりませぬ。定番の任期がはじまる八月までには到底間に合いそうにないので、いま少しご猶予をいただけますまいか、という嘆願書にございます」

「なるほど、陣屋ができておらぬのでは、移れぬのも道理じゃ」

「しかし、間に合わずとも、特に問題はないのでございます」

という稲生の言葉を、当然三郎兵衛は不審に思う。

「陣屋ができていなければ、何処に寝泊まりするというのじゃ。大問題ではないか」

「いえ、藩主の薫氏は定番には出向かず、江戸定府(じょうふ)のまま国入りもせず、三草には、国家老以下家臣だけが赴(おもむ)くことになるのでございます。家臣だけなら、陣屋ができるまで、近くの民家にでも泊めてもらえばすむ話でございます」

「では、猶予はやらぬつもりか？」

「いえ、こうした願いの儀は、諸事上様のお耳に入れておかねば、のちに他からお耳に入りましたるとき、それがしがお叱りを被(こうむ)りまする」

全く悪びれぬ様子で稲生正武は答えた。

「すべて上様にお伺いをたて、上様にご裁可をいただきまする」

と言いつつ口の端を僅かに弛(ゆる)めた冷ややかな相貌は、見事なまでに官吏の貌(かお)つきであった。

（結局、これがこやつの本性よ）

三郎兵衛は思い、心中深々と嘆息した。

二

目の前で艶やかに微笑んだ女の顔が不意に揺らいで、急な闇が訪れる。

「おい、どこに行くんだ？」

思わず問いかけている途中で、勘九郎はハッと目を覚ました。

もとより、女の姿はどこにもなく、彼の周囲は闇でもない。

(寝てたのか、俺？)

勘九郎は慌てて袂で顔を──口のあたりを無意識に拭った。

蕎麦屋での見張り中、手酌でチビチビやっていて、ついうとうと微睡んでしまったようだ。本格的に《八代屋》のことを調べ始めてからというもの、密偵という仕事の性質上、不規則な生活が続いている。寝不足がちになるのも無理はない。

(だからといって、店で居眠りするなんて、我ながら、だらしない……)

ふと見ると、空になった志野焼の小さな猪口が卓の上に転がっている。

(いけねぇ。これじゃ、なんのための見張りだか……)

「…………」

「敵はどうやら二本差しだ。俺が相手になるから、そのあいだに……」

「おいおい、《闇鶴》の銀二を、見くびってもらっちゃ困りますぜ、若」

銀二は鼻先で軽く笑うと、自ら先に立って辻を折れた。

「銀二兄ッ」

勘九郎も慌ててそれに続く。

辻を折れる瞬間、鯉口を切った。待ち伏せの連中が既に抜刀して待ち構えていることを察したためだ。

ギュンッ、

抜きはなったばかりの勘九郎の刃が火を噴いた。

唐突に、闇中から繰り出された切っ尖を、まともに受け止めたのだ。

(強い――)

一旦正面で受け止めた切っ尖を軽く押し返しながら、漠然と勘九郎は感じていた。

が、考えている暇はない。

すぐに、間髪を容れず次の凶刃が彼を襲うからだ。

ざしゃッ、

背後から近寄って来た者が、勘九郎の背をめがけて振り下ろすのを、間一髪気配で察した。身を捩って切っ尖を躱し、躱しざま、逆袈裟に斬り上げた。

「ぬぐ……」

狙った相手ではなく、その隣りにいた者が腋を斬られ、短く呻いて蹲る。

つまり、それほど容易く、間合いに踏み込まれていたのだ。

(なんだ、こいつら)

先日、鉄砲洲で出会した八代屋の用心棒の比ではない。

刺客が武士だということは気配で充分察せられたが、まさかここまで腕の立つ連中が揃っているとは思わなかった。

(一体何者だ?)

夢中で刀を振るう一方で、勘九郎は無意識に疑った。疑いつつ、
ぞんッ、
自ら切っ尖を、敵の鳩尾へ突き入れる。

「ぎょわっ」

短い断末魔の直後、そいつは前のめりに倒れて絶命する。

この突きは、三郎兵衛譲りの得意の仕手の一つである。青眼から、まるで袈裟懸け

に斬りつけるように見せかけ、素早く手許(てもと)で返して突きに転じる。この不意打ちには心理的な効果もあり、一度見せつけると、敵は直ちに間合いを避けるようになる。

故に、勘九郎の周囲は少しく視界がひらけた。

（こんな奴らを相手に、銀二兄大丈夫かよ）

ふと視線をやれば、一陣の黒い旋風(せんぷう)の如き動きの者が、瞬(また)く間に三人の敵を葬り去るのが確認できる。

銀二の得物は、刃渡りの短い匕首(あいくち)だ。そのため、より深く、より素早く間合いに踏み込まねばならない。

銀二はまさしく、旋風の如く身を処していた。あまりに速すぎる動き故に、その残像が、影の如く見えているのだろう。それが、黒い旋風の正体だった。

（あれが《闇鶴》の銀二……）

勘九郎はしばしその旋風の動きに目を奪われた。

（確かにあれなら、なんの心配もなかったな。……そもそも、うちの爺(じい)さんより、二十も若いんだしな）

勘九郎は内心舌を巻きつつ、軽く安堵した。

改めて、己の目の前の敵に集中する。

気遣う存在がなくなれば、己の戦いを最優先にできる。

ずぎゃッ、
ギョン！

ざしゅッ……

銀二の動きに触発されて、勘九郎も忽ち三人の敵を斃した。

敵の半数近くは倒したと思える頃に、

「もう、いいでしょう、若」

銀二から声をかけられた。

「…………」

漸く我に返った勘九郎は、もうどこにも敵の姿など見えなくなっていることに気づいた。

手強いと感じたのは最初の数人にすぎず、あとはたいした腕の持ち主ではなかった。だから、勘九郎と銀二が見る間に複数の者を斃すのを見て忽ち臆病風に吹かれ、逃げ出したのだ。

（なんだ、去ったのか）

刀を鞘へと納めてから、勘九郎は改めて思った。

一人目の切っ尖を受け止めた瞬間、正直ヒヤリとした。

いや、一対一の立ち合いならば、おくれをとることはないだろう。だが、そいつと同程度の使い手十人に襲われれば相当手こずるし、二十人であれば勝ち目はないかもしれない。

闇中で気配を読んだ限りでは、刺客の人数は十五、六人といったところだった。

銀二が戦力として頼みになるのであれば、どうにかギリギリ凌(しの)げる数だ。そう思い、覚悟を決めて勘九郎は戦った。

それが、約半数の者は、刃を交えることなく、逃走した。

(一体なんだったんだ?)

「なんだったんでしょうねぇ」

勘九郎の心の声を、ほぼ同じ瞬間銀二が言葉にした。

「なにか気がついたことはありますか、若?」

「え?」

「若がおっしゃるとおり、奴ら二本差しでした。侍(さむらい)同士なら、剣の流派がなんだとか、わかるんじゃありませんか?」

「ああ、流派か……」

指摘されて、勘九郎は懸命に思いを凝らした。

最初の一人は、新陰流だったような気もするが、それほど多くの他流試合を経験したことがあるわけではないため、正直よくわからない。

それに、一人を斬ったらあとはもう夢中で、太刀筋など確認している余裕はなかった。後半の有象無象については、最早流派がどうなどというほどの腕ではなかったし……。

（わからんなぁ）

一頻り首を傾げた末に、勘九郎は途方に暮れるしかなかった。状況から鑑みて、刺客は八代屋の手の者だろう。勘九郎らの動きは、八代屋に筒抜けだったのだ。

（こっちの動きがすっかり読まれてるんじゃ、もう容易に近づけないなぁ）

勘九郎は甚だ困惑したが、その翌日、再び八代屋を訪れたところで、彼は驚愕の事実を知らされることになる。

三

「なに、八代屋が消えただと？」

三郎兵衛は忽ち顔色を変えた。

その険しい表情をひと目見た途端、わざわざ早起きをして朝餉の膳の席で告げるべき話題ではなかったかと、勘九郎は咄嗟に後悔したが、告げるべき、どころか、是非とも告げねばならぬ案件である。

「どういうことだ？」

厳しく問い詰められることも、無論わかっていた。わかっていたから、どう切り出すのがよいか、懸命に考えた。

考え抜いた挙げ句、まわりくどい言い方を嫌う三郎兵衛に対しては、矢張り単刀直入に告げるしかない、と覚悟を決めたのだ。

「それが……」

覚悟を決めたにしては重い口を、勘九郎はゆっくりと開く。

鉄砲洲の寮から娘たちを逃がしてから日々銀二と行った内偵のこと、その後八代屋に目立った動きは殆どなかったことなどを話したあとで、一昨日何者かに襲撃されたことを告げた。

「そやつら、八代屋の手の者か？」

「さあ…それはわからない」

「わからぬはずはあるまい。儂と違って、お前や銀二が何処の誰とも知れぬ者の怨みを買うことはないのだからな」

「俺は兎も角、銀二兄は買ってるかもしれないぜ。《闇鶴》の銀二の頃にさ」

「刺客は皆、二本差しだったのであろう。銀二を恨んでつけ狙う者があるとすれば、せいぜい昔の盗っ人仲間じゃ」

「昔の盗っ人仲間が、金で浪人者を雇ったのかもしれねえだろう」

「だとしても、それなら銀二が一人でいるところを襲うはずだ。なにもわざわざ、お前と一緒のところを狙うことはない」

「…………」

「それ故、お前たちを狙った刺客は、八代屋の手の者と考えて間違いあるまい。おそらく、鉄砲洲の一件よりお前たちの存在を知り、逆に調べさせておったのだろう。

……八代屋、油断のならぬやつよ」

「仮にそうだとしても……その八代屋は身代ごと消えちまったんだ」

「身代ごとだと？」

三郎兵衛の表情がまた変わる。

既に、膳の上のものは粗方食べ終え、箸を置いている。

「ああ。身代ごとだよ」

「主人一人が、密かに姿を消したわけではないのか？」

「それなら、消えたかどうか、すぐにはわからないだろう。彼方此方に別宅だの寮だのがあるとしたら、そういうとこへ泊まってるだけかと思うぜ、普通」

「なるほど」

「ところが、店は蛻の殻。……商売物の人形は勿論、小僧の一人も残ってないんだ」

「ふうむ…もし前夜の襲撃が成功し、お前たちを消すことができていれば、八代屋は姿を消さずにすんだのかのう」

「…………」

さも感慨深げに三郎兵衛は言ったが、その言葉には、勘九郎はさすがに無言で眉を顰めるだけだった。

「それで、商いの相手は？　さぞや押しかけて来て、大変な騒ぎになっておろう」

「え？」

三郎兵衛の言う意味が勘九郎にはわからず、ただ怪訝な顔をするばかりだ。

「問屋や得意先など、八代屋の商いの相手だ。取り引き相手が、ある日突然姿を消せば、騒がずにはいられまい」

「ああ、それなら、銀二兄が調べてくれたんだが、八代屋は、掛け売りは一切やらずに、どんな支払いでもいつもその日払いだったから、急にいなくなっても、誰も困らないんだってさ」

「なんだと⁈　それはまことか？」

　三郎兵衛の面上に、またも激しい驚愕が漲(みなぎ)った。無論勘九郎には、祖父の驚愕の意味はわからない。

「ああ、銀二兄がそう言ってたよ」

「吉原で遊ぶときもか？」

「吉原は……その場で払わなきゃ、付き馬屋に家までついて来られるじゃないか」

「それは、お前のような、見るからに金のなさそうな若造の話だ。相手が、花魁(おいらん)をあげるほどの分限者(ぶげんしゃ)であれば、見世(みせ)側は、寧ろ進んで貸売(かしうり)をするものだ」

「え？　どうして？」

「ツケを支払うときに、それなりの色を付けてもらえるからだ」

「色って？」

「貸売は、一時的に店から金を借りる……謂(い)わば借金のようなものじゃ。借金には、幾ばくかの利息がつくものじゃろうが」

「ああ、なるほど」

勘九郎は漸く納得するが、三郎兵衛の興味は勿論孫には向けられていない。

「八代屋は、江戸に店を出して何年になる？」

鋭い口調で三郎兵衛に問われ、

「確か、三年だったかな」

首を捻(ひね)りつつ、些か頼りなげに勘九郎は答える。

「三年か……」

考え込みつつ、三郎兵衛もまた首を捻った。

「三年のあいだ、一度も掛け売りをせず、常にその日払いで商いをしてきたというのか……」

首を捻りつつ、ぼんやり虚空を見据えて口走り、更に、続ける。

「そういえば、下谷広小路の店舗を、居抜きで買ったと言っておったな？」

「あ、ああ……」

不得要領(ふとくようりょう)な勘九郎の返答を待たず、

「信じられん」

三郎兵衛は無意識に首を振った。

「いや、あり得ぬことじゃ」

「え？」

「よいか、勘九郎。商売をする場合、先ず売ろうと思う品物を、買い入れる。このとき、ある程度貯えのある者ならば、己の持ち金で仕入れの金額をすっかり賄うことも可能だろう。だが、商人の世界は武家とは一線を画する。有り金残らず使ってしまっては、商売にはならぬ。それ故、通常商人は、仕入れの際には代金を掛け売りにしてもらい、売れたらその都度問屋に支払う。それが、商売だ」

「その都度支払うのが、面倒だったんじゃないのか」

三郎兵衛の言葉に困惑しつつも、勘九郎は断固として応える。

「如何にも、それはあるだろう。だが、江戸にて商いしていたこの三年のあいだ、一度として掛け売りをせず、常にその日払いでやってきたとするならば、はじめから、よほどの財力を有していたことになる。ましてや、居抜きで店を買ったとなれば、計り知れぬ財力じゃ」

「…………」

「よいか、勘九郎。そのようなことは、真面目に、真っ当に商売している商人には到底無理なのだ」

「無理って言われても、実際八代屋はそうやってたわけだから……それに、真っ当な商人とも思えないし……」

三郎兵衛の語気に、勘九郎は些か気圧(けお)される。

「まあ、聞け、勘九郎。居抜きで店を買い、店で商う品もその日払いで買うことができるほどの財力があれば、もっと儲かる商いもできたであろうに、何故雛人形なのだ。雛人形など、最初の娘に買い与えればもうそれで充分。その後二人三人と娘が生まれたとしても、その都度買い与えることはない。……大名家や大身(たいしん)の旗本の姫君などであれば話は別だがな」

「大名家や大身の旗本の姫なら、一人に一つ、雛人形を与える?」

「ああ、大名家であればな。だが、八代屋のような市井(しせい)の店が、大名家と繋がりがあるとは思えぬ。大名相手の商売でもないのに、何故実入りの少ない人形商いを選んだのか。考えられることは唯一つ、女子供相手の商売だからよ」

「どういうことだよ?」

「雛人形を買い求めた家の娘はやがて美しく育つ。雛人形を商っていれば、どの家にいくつの娘がいるのかを労せず知ることができる」

「けど、八代屋は、江戸で商売をはじめてたった三年だぜ。この三年間に雛人形を売った家の娘は、いませいぜい三つか四つだ。雛人形ってのは、娘が生まれた年のうちに買うものなんだろ」

「まあ、遅くとも、一～二年のあいだかのう」

「だったら、いま逃げちゃったら、意味ないだろうがよ」

「それ故、解せぬ」

「なにが？」

「八代屋が、何故江戸に来て、何故急に去らねばならなかったか、だ」

「それは、爺さんが言ったように、俺たちを消すのに失敗したからじゃないのか？」

「一度の失敗だぞ。もし儂が八代屋であれば、一度では諦めぬし、手強そうだと思えば、どうにか仲間にできぬかを算段する。……少なくとも、折角築いた店とその信用を、そう簡単には捨てぬ」

「…………」

「わからん。……八代屋め、一体なにを企んで江戸に店を出したのか」

「爺さんが言ったように、抜け荷で儲けるためじゃねえの？　そのために、器量のいい娘たちを集めて……」

「だからこそ、解せぬのよ。そこまで入念に準備しておきながら、何故易々と手放すのか。娘たちを集めるための手間も、容易なものではなかったはずじゃ」

　そこまで言って、三郎兵衛はしばし口を閉ざした。口を閉ざして考え込んだが、結局なにもわからない。

「八代屋は、上方(かみがた)のほうから来たのであったな？」

「ああ、近所の奴らはそう言ってたけど、それもあてにはならねえな。結局、未だに、生国すらわからねえってんだから……」

「ううむ、生国もわからぬのか」

　三郎兵衛は途方に暮れるしかなかった。

　勘九郎の話から読み取れることは、唯一つ。

　八代屋為次郎は、世の常の商人ではない、ということだけだ。

（そもそも、本当に商人であったのかどうかも、わからぬな）

　思うともなく思った次の瞬間、

「兎も角、行ってみるか」

　三郎兵衛はふと顔をあげて呟いた。

「え？」

　勘九郎は当然怪訝(けげん)な顔で問い返す。

厳しかった三郎兵衛の顔つきが、ふと明るいものに変わっていたためだ。

「行くって、何処に？」

「決まっていよう。蛻の殻だという八代屋の店じゃ」

「え？」

「お前たちは、店の中を見てはいないのだろう？」

「ああ、そのときはまだ、近所の連中が様子を見に集まって来てて、とてもじゃないが、近づけそうになかったからな」

「それから丸一日経っておる。掛け売りをしていなかったのであれば、債権者が押しかけて来ることもない。いま頃は、静かなものじゃろう」

「そうかもしれねえけど……」

「八代屋がなにを企んでおったか、店を見れば、或いはなにかわかるかもしれぬ。……そうじゃ。それがよい」

言っているうちに、自らそれを名案と思いはじめたのだろう。

「そうと決まれば、お前も早く着替えをいたせ」

微行（びこう）の服装に着替えるあいだも妙に楽しげであった。

四

掛け売りもしなければ、借金もなかったという商家の前は、ガランとしていて、実に静かなものだった。

勿論暖簾（のれん）は出ておらず、表口の戸が半分開かれたままになっている。おそらく、出て行く際に、最早無人であることを外の者に知らしめるため、わざと開けて行ったのだろう。

勘九郎が一応確認したところ、勝手口も同様に開けてあるとのことだった。

「しかし、ものの見事に誰も来ておらぬのう」

感心したように呟いてから、

「しかし、四六時中開けたままでは物騒じゃ。誰か、家の守りを任された者がおるのではないか？」

三郎兵衛は、勝手口から戻って来た勘九郎に問いかけた。

「さあな」

勘九郎は存外素っ気ない。

三郎兵衛の年甲斐もないはしゃぎぶりが、些か鬱陶しく思えたのかもしれない。

「一体どうなっておるのだ？」

三郎兵衛は信じられない面持ちでその光景を見た。

「いくら家族がいないとはいえ、三年のあいだ、ここで商売していたのであろう。……三年住めば、知人や友人もできよう。一家の主人が突然夜逃げしたと聞いて、駆けつけて来る者は一人もおらぬのか？」

「それこそ、商売の相手以外、友だちなんて一人もいなかったんじゃないのか。掛け売りもしていなかったんだし……」

「ふうむ、だとすれば、矢張り相当用心深い男だったのじゃな」

「…………」

「兎に角、中を見てみるか」

呟きつつ三郎兵衛は、無人の店の中へズカズカと足を踏み入れる。

昨日までは人形を並べてあった筈の店先には何一つ物はなく、いまはただ広々とした土間があるだけだった。

そんな中、ポツンと一つ残る帳場が、一層の物寂しさを醸し出している。

往時は客で賑わったであろうその店先に、番頭や手代の姿もなく、当然小僧の姿もない。

居抜きで買ったという八代屋の店舗は、広くもなく狭くもなく、商家としてはごく標準的なものだった。

「おいおい、あがるのかよ」

「当たり前だろう。ここまで来て、店先を覗いて帰る馬鹿がおるか」

当然の如く、三郎兵衛は土間から帳場へとあがり込み、更に奥へと歩を進める。

昨日までは小僧たちによってよく磨かれていた廊下を平然と土足で汚して行く。

（いくらなんでも、土足は悪いんじゃないか？）

密かな良心の呵責に嘖まれながらも、勘九郎もまた土足で祖父のあとに続く。もしいまこの瞬間、誰かに見咎められるか、刺客が殺到するかしたときに、草履を脱いで裸足でいては後れをとる。

客を通すための座敷、主人の居間、住み込みの使用人が起居する部屋などを過ぎ、やがて最奥の——土蔵の入口まで進んだ。

「開いてるな？」

勘九郎に確認しつつも、三郎兵衛はさすがに目を見張った。

鍵がかけられていないことは、一目瞭然だったのだ。

「開いてますね」

仕方なく、勘九郎は応えた。

「入るぞ」

「どうぞ」

とは言わず、勘九郎はただ祖父のすることを見守っていた。即ち、土蔵の戸をガラガラと無遠慮に開けてしまう三郎兵衛を、黙って見守った、重たげな戸を開ける手助けもせずに。

「んぬッ」

重い戸を引き開けて中を一瞥した途端、三郎兵衛は少しく驚いた。

「…………」

「え？」

三郎兵衛の背後から覗き込んだ勘九郎も、同様に驚く。

「なんで？」

土蔵の中には、ざっと数えた限りでも二、三十個の古い千両箱が積まれていたのだ。

「慌てるでない、勘九郎。どうせ中は空っぽだ」

と言いざま、三郎兵衛は無造作に箱の蓋(ふた)に手をかけた。箱は、檜(ひのき)製で四隅を鉄板で

「近江のどちらでござろう？」

　三郎兵衛が問うと、

「近江のどのあたりかまでは、存じませぬが……」

　案の定、歯切れの悪い口調で八右衛門は応えた。近江としか聞かされていないとすれば、なにも教えられていないに等しい。

「しかし、八右衛門殿は、八代屋殿から後事を託されたのでござろう？　この店を、人に貸すなり売るなりして得た金子は、どうするおつもりか？」

「それは、手前の好きにしていい、というお話でしたので……」

「ほう、好きに……八代屋殿らしい太っ腹じゃのう」

　目を細めて褒めそやす一方で、

（八代屋め、どういうつもりだ）

　三郎兵衛は益々疑いを強めていた。

　八代屋が突然姿を消したのは、勘九郎と銀二を消すことに失敗したからだと勝手に決めつけていたが、或いはそうではないのかもしれない。

（町名主に、予め後事を託していたということは、いつ出奔してもおかしくない状態だったのだろう。……だが、何故だ？）

「八代屋殿の行方もわかりませぬし、兎に角一度帰宅いたしませぬか、父上？」

倅と紹介されたため、勘九郎は一応口裏を合わせて三郎兵衛に問いかける。確かに、この二人は、外見上は親子としておくほうが自然なのだ。

「父上？」

勘九郎は重ねて三郎兵衛に呼びかける。

三郎兵衛はいい加減なでまかせを言って八右衛門を丸め込んでいるが、徒に長居をすればぼろが出るのではないかと、勘九郎なりに案じたのだろう。

「おお、そうじゃな、甚三郎。八代屋殿の行方を尋ねるとしても、一度家に立ち戻らねばのう」

三郎兵衛が直ちにそれにのったのは、勘九郎の配慮を尊重したわけではなく、八右衛門から得られる情報は既にない、と判断したためだ。それ故三郎兵衛は、手早く拾い集めた小判を、戸惑う八右衛門の手に握らせつつ、慎重に別れを告げた。

「では、八右衛門殿、我らはこれにて失礼仕る。……何れまた参る故、八代屋殿からなにか知らせがあれば、教えてくだされ」

「あ、はい……」

半ば呆気にとられ、半ば不得要領に、八右衛門は三郎兵衛と勘九郎を見送った。

ときが経ち、やがて八右衛門が町名主らしい落ち着きを取り戻したとき、これほど怪しい親子はいない、ということを、改めて知ることになるだろう。

五

下谷からの帰途、三郎兵衛は殆ど口をきかなかった。

（なんだよ？　さっきまでは機嫌よくやってたじゃねえか。これだから、年寄りは……）

口をきかなくなった三郎兵衛を、勘九郎は少々持てあましたが、もとより祖父の心中など知り得よう筈もない。

八代屋の土蔵に二、三十も積まれた千両箱を一瞥した瞬間、三郎兵衛の眉間が少しく曇ったことにも、無論気づいてはいなかった。

一瞥（いちべつ）するなり、

「中は空だ」

と見抜いた炯眼（けいがん）はさすがだが、そんな三郎兵衛の眼は、このとき、全く別のものをとらえていた。

（千両箱……）

三郎兵衛の目は、千両箱そのものを鋭く見据えていた。

よほど富裕な大店の主人にでもならぬ限り、山積みの千両箱を目の当たりにする、などということは滅多にない。

そもそも武士の俸禄は、三百俵二人扶持、というように、米で与えられる。千石二千石といった大身の旗本にしても同じことで、現金が直接支給されることはない。必要な現金は、随時蔵前の札差に換金してもらう。その金額が、千両を超えるなどということは、まずあり得ないので、大抵の武士は千両箱というものを一度も見ることなく一生を終える。

が、勘定方、勘定奉行など、金に関わる職務となれば、話は別だ。

三郎兵衛は、十年前の享保十四年、勘定奉行の職にあった。

事が起こったのは、享保十九年、三郎兵衛が六十五歳の折のことである。

当時の苦い記憶が、置き忘れられた千両箱を見た途端三郎兵衛の脳裏に甦った。

（なんの嫌がらせだ）

と思わずにいられぬほど、それはいやな記憶であった。それが、なまじ空同然の千両箱であったことが、三郎兵衛の中で長らく眠っていたものを、容易く呼び覚ました。

（千四百両だぞ）

いや、眠っていたといったら、語弊があろう。そのことは、勘定奉行の役を退いてからも常に三郎兵衛の頭の中にあった。

それ故、南町奉行の役に就き、かつて《闇鶴》の二つ名で呼ばれた銀二と出会ったとき、早速そのことを問うてみた。

「一昨年甲州城の御金蔵を破ったのは、お前か？」

「え？」

当然銀二は戸惑った。

「そちは、《闇鶴》の異名をもつ盗賊であったのだろう？　お縄にならねば、いまもなお、盗賊を続けていたのであろう？」

「それは……」

「《闇鶴》の異名の所以は、闇夜であっても、大空をゆく鶴の如くのびのびと、そして素早く行動することができるからだと聞いた」

「…………」

「御金蔵の金を奪うくらい、朝飯前であろう」

「お、お待ちください、お奉行様」

銀二は慌てて言い募った。

「甲府城の御金蔵が破られたときには、手前は既にこちらの密偵でした」

「わかっておる」

三郎兵衛は憮然として言い返した。

「だが、そちが名の知れた盗賊であるならば、当然他の名だたる盗賊どもとも交流があろう。誰ぞ、下手人(げしゅにん)に心当たりはないか、と聞いているのじゃ」

「…………」

三郎兵衛の荒々しい言葉に、銀二は再び絶句した。

「どうなのだ？　心当たりはないのか？」

「お奉行様」

「なんだ？」

「その…甲府城の御金蔵を、あっしが一度拝見してみてもよろしいでしょうか？」

「え？」

「盗っ人にも、そいつなりの癖ってもんがございます」

「癖？」

「ええ、得手(えて)不得手ってもんでしょうか。高いところに忍び込むのが得意な奴もいりゃあ、狭いところに入るのが得意って奴もいます」

「それで？」

「ですから、一度甲府の御金蔵を見せていただければ、どうやって忍び込んだのかって、見当くらいはつくかもしれやせん」

「…………」

三郎兵衛は、そのとき怖いほど真剣な目で銀二を覗き込んでいた。

「見当がついて、あっしの疑いが晴れましたら、もう金輪際、そういう趣味の悪い冗談を言わねえ、って、約束していただけますか？」

「わかった」

三郎兵衛は即座に肯いた。

このとき銀二と交わした長くもない言葉は、彼の蒙を容易く啓かせた。

「悪かった」

三郎兵衛が銀二に対して詫びの言葉を述べたのは、おそらくそれが最初で最後のことだったろう。

後日三郎兵衛は、実際に銀二を伴い、甲州城を訪れた。

訪れてみてはじめてわかったことは、その無防備な御金蔵であれば、内部に一人の内通者さえいれば、本職の盗っ人でなくても、楽に金を盗み出すことができるだろう、ということだけだった。

下手人は未だ捕らえられておらず、千四百両の行方も杳(よう)として知れない。

そのことを思い出して苦い思いを嚙み締めていると、折しも、障子(しょうじ)の外にうっすらと人の気配がして、

「御前(ごぜん)」

三郎兵衛にだけ聞こえる声音で呼びかけられた。

「銀二」

障子を開けて、三郎兵衛は銀二を居間に招き入れる。

「どうであった？」

「ええ、あの八右衛門てお人は、間違いなくあの界隈の町名主で、人格者だと評判でした。八代屋とは特に親しくしてたわけではなく、町名主の立場上、仕方なく空き家の管理を任されたようです」

「そうか」

三郎兵衛は軽く肯き、

「引き続き、空き家を見張ってくれ。万が一にも、誰か訪ねて来ぬとも限るまい」

静かな口調で述べた。

「はい。承知いたしました」

「勘九郎が足手纏いになるようなら、無理に連れて行かずともよいぞ。なにか別の用を言いつけて、手伝わぬようにさせるが」

「いえ、それには及びません。若は足手纏いなんかじゃねえですよ」

「そうか？」

「ええ。先日、襲われましたときも、若が一緒じゃなかったら、あぶねえところでした」

「なら、よいのだが……」

三郎兵衛が珍しく気弱な表情をみせ、曖昧に微笑んだ。

おそらく、銀二がはじめて見た、凡庸（ぼんよう）な祖父の顔であった。

（若のことになると、御前もお人が変わったみてえになる）

そのことが、銀二には意外であると同時に、なにか、見てはいけない三郎兵衛の内面を垣間見てしまったようで、なんとなく居心地が悪かった。

第三章　新たなる敵

一

「あの夜、刺客に大殿と稲生様の殺害を命じた男が何者かわかりました」

八代屋の失踪から数日して、漸く桐野が戻って来た。

稲生正武に招かれ吉原で遊んでから数えれば、半月ほどが過ぎている。桐野にしては、些か遅きに失した感がある。

「誰だ？」

それ故三郎兵衛は、やや身を乗り出し気味に桐野に訊ねた。

「播磨小野藩、一柳家の江戸家老で、一柳兵庫介と申す者でございます。上屋敷は、愛宕下大名小路の一角にございます」

「播磨の小野藩だと？」

鸚鵡返しに問い返したものの、もとより三郎兵衛はその藩の名を知らない。全くの、初耳である。

だいたい江戸から殆ど出たことがないのだから、果たして播磨の国がどのあたりなのかもよくわからない。

「播磨とは何処だ？」

と問いたい気持ちはやまやまだったが、妙な見栄があり、さすがに訊きかねた。

それ故、

「主家と姓が同じなのは、親戚筋なのか？」

まるで見当違いなことを訊ねた。

「藩主の叔父にあたるようです」

「そうか」

もとより、桐野の調べに死角はない。三郎兵衛は短く肯くよりほかなかった。

「で、その小野藩の江戸家老が、何故大目付の命を狙ったのだ」

「それも、調べまするか？」

少しく眉を顰めて桐野は問い、三郎兵衛は即答を躊躇った。

そもそも桐野は、三郎兵衛の身辺警護のために遣わされたお庭番だ。三郎兵衛が彼になにか命じるのは本来お門違いなのだが、桐野が有能なのをよいことに、つい頼りがちになっている。

桐野は桐野で、勝手な判断で三郎兵衛に協力することもあるため、近頃ではすっかり己の家臣の如く考えていた。

しかし、ここで桐野に、「調べよ」と命じれば、桐野は上様から命じられた三郎兵衛の身辺警護、という職務を疎(おろそ)かにすることになってしまう。

それ故に、桐野は敢(あ)えて問い返したのだろう。

(こやつ……)

三郎兵衛には、桐野のその配慮が小面(こづら)憎く思えた。

桐野ははじめから、三郎兵衛が己に命じるものと思い込んでいる。それ故、言質(げんち)をとろうという魂胆で問うたのだ。で。三郎兵衛にはそれが気にくわない。

「いや、よい」

三郎兵衛は、あっさり首を振った。

「小野藩のことは、儂が自ら調べよう。これでも、大目付じゃ」

「さ…左様でございますか」

ほんの一瞬意外そうな顔をしたが、

「では、それがしはこれにて——」

桐野はすぐにいつもの無表情に戻ると、スッと音もなく姿を消した。

(気を悪くしたかな?)

三郎兵衛は少しく気弱になった。

それから三郎兵衛は、桐野に労い(ねぎらい)の言葉の一つもかけていなかったことに気づき、俄(にわか)に慌てた。

(しまった。折角(せっかく)このところうまくいっている気がしていたのに、儂としたことが、油断したわい)

臍(ほぞ)を嚙んでも、もう遅い。

桐野との距離のとり方が、相変わらず苦手(にがて)な三郎兵衛であった。

「なあ、桐野」

離れの縁先に胡座(あぐら)をかき、小柄で爪を削(けず)っていた勘九郎が、ふとその気配に気づいて呼びかけた。

チラッと視線を上に向けたが、すぐ己の手許に戻す。

「桐野？」

「…………」

勿論桐野は黙殺した。

「なあ、桐野、そこにいるんだろ？」

勘九郎はお構いなしに呼び続ける。

「桐野ぉ。……出て来てくれよ、桐野」

桐野が無視し続けていると、勘九郎の声は次第に大きくなり、

「桐野ーッ、桐野ーッ」

遂に母屋にまで響くのではないかと思うほどの大声になったところで、とうとう桐野は根負けした。

勘九郎がいる離れのすぐ裏の松の枝上から、桐野はスッと地面へ飛び降りる。

「困ります、若」

姿を見せた桐野は、さすがに渋い顔を勘九郎に向けた。

三郎兵衛はおよそ隙のない男で、どこから攻撃を仕掛けても一撃で命を奪える自信がない。一撃で斃せねば、刺客にとってはなんの意味もない。三郎兵衛のような手練れが相手では、一撃で斃せねば、もう次の攻撃を仕掛ける機会は永遠に失われるから

だ。

　これまでお庭番としてさまざまな人物に遭遇し、或いは戦ってきたが、三郎兵衛のような男に出会ったのははじめてだった。

　だが、同じ血をひく筈の孫は、なんと隙だらけであることか。

　隙だらけで無防備で、まるで生まれたばかりの雛（ひな）のように頼りない。

　でありながら、妙に勘がいい。その勘の良さが、少々困りものだった。

「桐野が悪いんだ。無視するから」

「それがしは勤めの最中にございます」

「よく言うぜ。その割に、すっかり気を抜いてたじゃないか」

「そんなことはございません」

「いや、気を抜いて、ぼんやりしてた。間違いない」

「…………」

「桐野が本気のときなら、俺には桐野の気配は読めないよ」

　桐野は無言で、爪を削り続ける勘九郎の横顔を見守った。

（普通は逆なのに……）

　桐野は心中密かに苦笑する。

達人は大抵、敵の殺気に気づく。もとより桐野は素人ではないから、四六時中あからさまな殺気を漲らせたりはしていないが、本気というのは、つまりそういうことだ。

それ故三郎兵衛は、《本気》の桐野の気配を常に読む。

ところが、この幼気な雛のような若君は、《本気》のときの桐野の気配は読めないが、気を抜いてぼんやりしているときなら読めるという。

苦笑を堪えつつ、桐野はこのとき、はじめて勘九郎に会ったときのことを思い出していた。

深夜――というより、既に払暁近く、裏口の塀を乗り越え、邸内に侵入しようとした賊を、そのとき桐野は一刀に斬り捨てようとした。

「……ッ」

必殺の《気》をこめた一撃を、だが賊は、辛くも躱した。剰え、躱しざま抜刀し、桐野の刃を払って来た。

(え？)

桐野には意外であった。

賊の気配はまるきり素人のもので、刀を帯びた武士の風体ではあっても、応戦はできまい、とタカをくっていた。大方、食い詰めた貧乏浪人が、大きな武家屋敷に盗

「そうか」

　いよいよ頭を深く垂れてしまう。

「俺が、銀二兄の足を引っ張ってるのかなぁ？」

「銀二殿とて、決して完璧ではございませぬ」

「でも、俺よりは探索に慣れてる」

「相手が盗賊であれば、銀二殿も存分に力を発揮されましょうが、得体の知れぬ悪党では、仕方ありませぬ」

「桐野なら、どうしてた？」

「さあ…八代屋という人物を見ておりませぬので、なんとも申せませぬ」

「なら、仮に八代屋を見たとして、どうやるんだ？」

「………」

　勘九郎の執拗さに、桐野は内心辟易する。

「ただ一つ、言えるとすれば……」

「なんだ？」

　勘九郎は忽ち目の色を変え、食い付いてくる。

「若と銀二殿は、或いは八代屋に近づきすぎたのかもしれませぬ」

「近づきすぎた？」

「我らお庭番は、目的の相手からはなるべく距離をおきます。決して相手の視界に入らぬようにいたします。……そこにおるのがわかっている相手ならば、毎日見張る必要はないのです」

「見張ってても逃げられたんだぜ。見張ってなきゃ、もっと逃げられちゃうじゃないか」

「その頃には、逃げた先が何処なのか、わかっているのです」

「そんな芸当、お庭番にしかできないよ」

「我らお庭番は、長い年月をかけ、さまざまな技を学びます。……視覚も嗅覚も、五感のすべてを研ぎ澄ます修練を積んでいるのです。誰にでも簡単にできては困ります」

「…………」

勘九郎は大きく目を見張って桐野を見た。

自ら訊ねておきながら、まさかそんなことまで答えてくれるとは思っていなかった。

だが、思えば勘九郎の知る桐野は、これまで彼が問うことにはなんでも答えてくれた。どうやら勘九郎は、知らずに桐野に甘えていたらしい。

そのことに気づいて、勘九郎は自ら唖然とした。

「大殿は、とある西国の藩の者からお命を狙われておられます」

「え？」

「八代屋のことは、ご無念ではございましょうが、大殿が抱えておられる厄介事は、一つや二つではございませぬ」

「…………」

「一つのしくじりを、あまりいつまでも、お気に病まれぬことです」

静かに言い終えると、次の瞬間桐野は勘九郎の前から姿を消した。

「桐野……」

勘九郎はしばらく茫然と、桐野の消えた虚空を見つめていた。

（お庭番に、慰められたのか？）

それを望んで桐野を呼んだくせに、いざ願いがかなってしまうと、ただ茫然とするばかりの勘九郎であった。

二

「播磨の小野藩でござるか？」

稲生正武はいつもどおり紙のような顔色のまま、特に表情を変えることなく問い返した。

いや、そもそもこの男には感情などないに等しい。

笑ったり怒ったり、感情を露わにしてみせることがあるとすれば、それはすべて魂胆があっての芝居である。無表情こそが稲生正武の素顔のようなものだということを、三郎兵衛は理解している。それ故無表情のときの彼は、上っ面の愛想笑いをしているときよりずっと安心できるし、話しやすくもある。

「小野藩は、確か、寛永の頃までは、二万八千六百石を与えられておりましたが、寛永の末年に継嗣が途絶えまして、本来御家断絶になるべきところ、藩主の娘婿への相続が認められました」

稲生政武はしばし無言で虚空を睨んでから、スラスラと答えてのけた。

「よく…知っておるな」

三郎兵衛は心から感心したが、稲生正武の話は終わらない。

「その後本家である伊予の西条藩のほうに不行届きがあったため、その所領を没収し、改めて、加東一郡三十ヶ村、一万石を与えられたのでございます」

「なるほど、伊予西条藩の分家であったか」

と納得顔に肯くものの、もとより三郎兵衛は、伊予の西条藩のことにしてもよく知りはしないのだ。

「次左衛門は物知りじゃのう」

「大目付を仰せつかりましたときから、藩の数と石高くらいは把握しておかねばと思い、懸命に覚えましたので」

無表情ながらも、稲生正武の口辺には淡く笑みが滲んでいるように見えた。三郎兵衛に褒められるのは、満更悪い気分ではない。

「天晴れなり、次左衛門」

三郎兵衛は更に手放しで褒めそやした。

「それにひきかえ、儂はもう駄目じゃ。歳のせいか、いまからなにか新しいことを覚えられる気がしない」

「松波様、そ、そのようなことはございませぬ。松波様ならばきっと……」

「いや、おぬしは矢張り、幕府にとって必要な人材じゃ。上様も、おぬしのことは殊の外信頼しておられよう」

「ま、まことでございまするか？」

「当たり前じゃ」

と大いに請け負った三郎兵衛を見つめ返す稲生正武の目は少しく潤んでいる。芝居ではなく、本心から感動してのことだろう。

しかし稲生正武はすぐに真顔に戻ると、

「それで、小野藩になにかございまするか？」

逆に三郎兵衛に問うてきた。

「ああ、どうやら儂らを殺したいらしいぞ」

「え？」

「この前、おぬしに招かれて、吉原の揚屋に行ったであろう。確か、《吉野屋》だったか？」

「は、はい」

「おぬしは早々に酔い潰れてしまい、なにも覚えておらぬだろうが、あの帰り道、実は儂らは刺客に襲われたのじゃ」

「ええッ?!」

「幸い、儂の身辺警護をしてくれているお庭番がたまたま居合わせたため事無きを得たが、あの夜は儂も強か酔うていて、危ないところじゃったぞ」

「そ、それはまことでございまするか？」

稲生正武の顔から、忽ち血の気がひいてゆく。

もとより、三郎兵衛の言うことを鵜呑みにしたからではない。

日頃剛毅と実直を装ってはいても、ここぞというとき、平然と嘘を吐く。それが、松波正春だ。稲生正武は充分それを承知している。

だが、三郎兵衛が嘘を吐くときは、必ずなんらかの理由がある。意味のない嘘は吐かない。またその嘘は、己一人の欲望を満たすためのものではないということも、稲生正武にはわかっていた。

それ故、今日の三郎兵衛の言葉は、すべて手放しで信じなければならないということも、瞬時に覚った。覚った上で、

「小野藩の何者が、我らを狙っておるのでございます？」

稲生正武は眉を顰めて三郎兵衛に問うた。

「主謀者は、江戸家老の一柳兵庫介だが、この男一人にて企みしことなのか、藩ぐる

みのことなのかまでは、まだわからん」

「………」

「なにか、心当たりはあるか、次左衛門？」

「なんの心当たりでございます？」

「決まっていよう、小野藩の江戸家老に命を狙われる心当たりだ」

「ございませぬ」

表情も変えずに、稲生正武は即答した。

「本当に、ないのか？」

「ございませぬ。小野藩の江戸家老など、会うたこともございませぬ」

「だが、向こうは儂らの——殊におぬしのあとを執拗につけまわし、機会を窺っていたようじゃぞ。あの夜、たまたま儂も一緒であった故、千載一遇の好機とばかり、一度に片付けようとしたのじゃろう」

「慮外な。わけもわからず、片付けられてはたまりませぬ」

さすがに稲生正武は顔色を変えた。その語気も、激しい怒気を孕んでいる。

「では、どうする？」

「早速江戸家老めを呼びつけ、詰問いたしましょう」

「無理じゃな。証拠はなにもない」

三郎兵衛は力無く首を振る。

「え？　刺客を捕らえているのではないのですか？」

「刺客は一人残らず返り討ちにしてしもうた」

「なんと！」

「だが、刺客の一人二人を生かしておいたところで、同じことなのだ。『見ず知らずの者でございます』と、シラを切られればそれまでだからな」

「…………」

一瞬言葉に詰まってから、

「では一体どうしたら？」

稲生正武は問いかけた。

「うむ。……いっそのこと、招いてみてはどうかと思うのじゃが──」

「え？」

「なにも知らぬ風を装い、自邸に招くのだ。茶でもふるまう、と言ってな。大目付の誘いであれば無下に断ることはできまい」

「それはそうでございましょうが……」

稲生正武の表情に、次第に不安が広がってゆく。

「はじめは警戒するかもしれぬが、こちらがなにも知らぬようにふるまっておれば、油断して、なにかボロを出すやもしれぬ」

「しかし、自邸に招くのは、……何故お城ではいけませぬ？」

「お城に呼びつければ警戒される。それに、用もないのに呼びつけることはできぬし、長く足止めしておくこともできぬ」

「長く、足止めするのでございますか？」

窺うように、稲生正武は問う。未だ、三郎兵衛の思惑をはかりかねるようであった。

「折角の機会じゃ。奴の留守中、儂の手の者を小野藩の上屋敷へ送り込み、怪しい企みの証拠を捜させる」

「なるほど」

「のう、よい考えであろう。それに、自邸に呼べば、最悪の場合、奴を自由にすることができる」

「自由に、とは？」

「ああ、無礼を理由に斬り捨ててもよい」

「なんと！」

「そういう方法もある、ということだ」

「なるほど、松波様らしい大胆な策にございますな。ですが――」

と一旦言葉を切り、

「それがしはいやでございます」

稲生正武はきっぱりと断った。

「次左衛門」

「得体の知れぬ悪党を、我が屋敷に招き入れるなど、真っ平でございます」

「まあ、そう言わずに……儂も立ち合うし、腕の立つうちのお庭番にも見張らせよう」

「ならば、松波様の御屋敷に呼べばよろしいではございませぬか」

「我が家に茶室があれば、そうしていた」

「え？」

「理由もなく呼びつけるわけにはゆくまい。それらしい名目がなければ。……茶会というのは、まことに都合のよい名目だ」

「嘘でございますな」

稲生正武の口調が俄に頑なものとなる。

「はて、嘘とは?」

「四千石の旗本屋敷に、茶室がないなどということが、ありましょうか。見えすいた嘘は大概にしてくだされ」

「ないものはないのだから、仕方あるまい。町奉行を辞する際、急いで捜させた屋敷だ。贅沢は言っておれぬ。茶室だとばかり思うていたのが、ただの古い離れだったのじゃ。……おぬしは我が家に逗留したことがあろうに、そんなことも知らぬのか」

「確かに逗留させていただきましたが、茶室があるかないかまでは、存じませぬ」

「だから、ないと言っておる。左様な嘘はつかぬ」

「………」

稲生正武は黙り込み、ただ恨みのこもる眼で三郎兵衛を見返した。彼がそういう目つきになっているということは、口ではいやがりながらも、半ばその気になっている、ということでもある。

それというのも、はじめはただの思いつきに過ぎなかったのだが、三郎兵衛自身、熱心に語っているうち、だんだん本気になってきた。稲生正武は、三郎兵衛の本気に、完全に引き寄せられている。

蜘蛛の巣に囚われた、憐れな小虫も同然である。

（ちと、可哀想かのう？）

日頃は小面憎く思う相手だが、いざ己の術中に嵌めてしまうと、多少気の毒に思わぬこともない。だが、憐れむ必要などなかったことを、三郎兵衛はやがて知ることになる。

「一つだけ、お約束いただけますか？」

しばし後、意を決した顔つきで、稲生正武は三郎兵衛に問うた。

「なんだ？」

「諸事倹約が励行されております昨今、茶会など、上様のお嫌いな贅沢の範疇でございます」

「そんなことはないだろう。そもそも茶の湯は、侘び寂びの精神が基本であろう。贅沢なわけがない」

「では、もし万一上様のお耳に入りましたときは、あの茶会は、大目付のお役目を全うせんがため、悪人を誘き出すための罠であったと、上様に言上していただけまするか？」

「あ…ああ」

不得要領ながらも、三郎兵衛は肯いた。

「上様に、事の次第を申し上げればよいのじゃな？　わかった。約束しよう」

「屹度でございますぞ」

「くどいぞ、次左衛門」

「くどくとも、申し上げます。どうか、この儀、重ねてお願い申し上げます」

言うなり三郎兵衛に向かって平伏した稲生正武を、最早気の毒だなどとは微塵も思わなかった。結局、上様のご機嫌をとることしか頭にない、出世欲の塊なのだ、この男は——。

三

一柳家は、元々伊勢神戸の藩主であり、大坂冬の陣の功績により、伊予西条藩六万八千六百石に封ぜられた。

だが、当主の一柳直盛は、領国に就封する直前、大坂で病没してしまった。

不憫に思った幕府は、嫡子・直重に伊予西条三万石、二男・直家に播磨小野二万八千六百石、三男・直頼に伊予小松一万石を、それぞれ与えた。

元々病弱な家系だったのだろう。嫡子の直重もまた、西条の地を踏むことなく、江戸で急死してしまった。陣屋や、それを取り巻く三万石の町が、作りかけのまま遺されることとなった。

　領地は、嫡子の直興が二万五千石を継ぎ、二男の直照にも五千石を継がせようとしたが、そもそもそれが間違いのもとだった。

　長子相続は徳川幕府の祖法なのだから、二男以下に遺領を与える必要などなかったのである。

　五千石を不服とした二男が兄に謀叛を起こし、その御家騒動が幕府の知るところとなり、西条藩は改易。謀叛の張本人である直照は横死し、直興は、加賀金沢藩御預けとなった。

　その後、寛文十年、和歌山藩主・徳川頼宣の三男・松平頼純が、西条藩主に封じられるまで、西条は藩主不在の時代が二十年以上も続いた。

　徳川頼宣は家康の十男であるから、本家の和歌山（紀州藩）が御三家の一つなのは勿論、分家の西条藩もそれに準ずる扱いを受けることになる。紀州徳川家の分家となってからの西条藩は、大過なく代を重ねている。

　ところが、播磨小野藩を与えられた直盛二男・直家は、実は長兄直重より三年も早く急死していた。未だ嫡子をもうけていなかったため、当然一家断絶になるものと思われた。

この時期、幕府はでき得る限り大名を取り潰し、天領を増やそうと試みている。たかが二万八千六百石と雖も、馬鹿にならない。塵も積もれば、である。

だが幕府はこのとき、格別のはからいを以て、急死した直家の娘婿・直次に相続を許した。

一万でも二万でも、兎に角直轄地の欲しい幕府が斯くも温情をかけたのは、矢張り大坂の陣での直盛の勲功を慮ってのことだろう。既に三代将軍家光の代であるとはいえ、幕閣には元和の頃のご老体も、多少は健在であった。彼らは、長年に亘る豊臣家との戦を終焉に導いてくれた功労者を手厚く遇した。

ただ、このとき直次に許された石高は、断絶した本家の分を多少上乗せしても、やっと一万石程度である。

それでも、断絶になるよりははるかにましというもので、小野藩は以後せっせと新田開発を奨励し、現在の実高は二万を超えているのではないか、と稲生正武は言った。

隠し新田のことは、当然幕府には知られたくない。

切れ者と評判の稲生正武が大目付の役に就いて以来、隠し新田についての調査が厳しくなったということは、江戸在番・定府の藩主たちのあいだでは常識となっている。多くの新田を秘匿している藩にとっては、稲生正武は邪魔な存在だ。

それ故、新田を隠したい一心で、容赦なく調べを進める大目付を消そうとするのも、無理はない。

「なるほど、そう考える者は少なくないかもしれませぬ」

と、切れ者らしい冷めた口調で一旦はそれを認め、だが、

「ですが、本当に幕府から新田を隠したいのであれば、左様に物騒な真似をしでかすのは、寧ろ逆効果。大目付殺しなど、申し開きのできぬ大罪にございます。露見いたさば、たかが一万二万の小藩など、簡単に吹っ飛びましょう」

すぐ自信満々に言ってのけた。

「そのような大罪を犯すくらいなら、隠し新田を持つ諸藩の江戸家老どもは皆、山吹色の菓子を持ってそれがしの許を訪れまする」

稲生正武の言葉に、三郎兵衛は思わず目を見張った。

「山吹色の菓子を、おぬしは受け取るのか？」

「まさか」

稲生正武は鼻先で一笑に付す。

「だが、受け取らねば、相手は納得すまい。受け取るまで居座るのではないか？」

「ですから、こう言ってやるのです。『左様に余裕がおありなら、幕府に寄進でもなされませ』と――」

「なるほど、寄進か」

「近頃では、上様の御馬の飼い葉代も馬鹿になりませぬからなぁ」

「それで、どれほどの藩が、新田を隠し持っておるのだ？」

「それは、申せませぬ」

稲生正武はゆるゆると首を振る。

「おい、儂とておぬしと同じ大目付だぞ」

「これは、諸藩とそれがしとのあいだの密約にございます。ほかならぬ松波様と雖も、明かすわけにはまいりませぬ」

（こやつ……）

三郎兵衛はさすがに憮然とした。

（手柄顔で偉そうに抜かしておるが、おそらく袖の下も、なんらかの形で受け取っておろう）

確信するものの、だが三郎兵衛は、もうそれ以上稲生正武を追及しようとはしなかった。

稲生正武のすることだ。抜かりはあるまい。おそらく、調べられても、おいそれと露見することのないやり方で、己と幕府を利するよう仕向けているのだ。そのからくりは、稲生正武一人が知っていればそれでよく、他者と利を分かつつもりは毛頭ないのだろう。

「だが、小野藩の江戸家老は、おぬしに付け届けをしなかった」

「左様。よほどの吝嗇か、ものを知らぬ田舎者でございましょう」

「或いは、なにか別の思惑があるか、だな」

「はて、別の思惑とは？」

ポツリと呟かれた三郎兵衛の言葉を、稲生正武は聞き逃さない。三郎兵衛の思いつきの鋭さには、一目も二目もおいているのだ。

「いや、それはわからぬが……」

三郎兵衛はすぐに首を振った。

なんの確証もないことで、徒に不安がらせることはない。

「とにかく、どんな男か一度見てみようではないか」

稲生正武の胸に萌す不安を払拭しようと、殊更明るく三郎兵衛は言い、

「もしかしたら、袖の下を持って来るかもしれぬしな」

更にニヤニヤしながら言葉を続けた。

「どうする、次左衛門？　もし袖の下を持って来たら、もらってやるか？」

「おやめください、松波様」

稲生正武は露骨にいやな顔をした。

「大目付に刺客を差し向けるような危険な悪党、如何に袖の下をはずもうと、許すつもりはありませぬ」

「そういえば、返事はあったのか、一柳兵庫介から？」

「ええ」

「なんと？　来る、と言ってきたか？」

「ええ。……『お招き有り難く存じます。謹んでお伺いいたします』と、言ってまいりました。殺そうとした相手の屋敷に平然と招かれようとは、図々しいにもほどがありますな」

「ああ、相当の悪じゃな」

「なにやら楽しそうでございますな、松波様」

稲生正武は露骨にいやな顔をした。

危険な悪党を自邸に招くのは、矢張り抵抗があるのだ。折角観念してくれた稲生正武をこれ以上刺激するのはまずいと思い、三郎兵衛は言葉を止めた。

（当然理由をつけて断るかと思ったが、招かれたから参るとか、よくよくの鉄面皮よの。どのような腐れ外道が来るか、楽しみじゃ）

面白半分に思いつつも、そんな得体の知れぬ悪党を自邸に招き入れることを、渋々ながらも了承してくれた稲生正武に、三郎兵衛は心から感謝した。


（あれが？）

播州小野藩の江戸家老・一柳兵庫介を物陰からひと目見た途端、三郎兵衛は我が目を疑った。

力士か火消しの頭かと見紛う雄偉な体格と、役者のような美貌を有した、まさに絵に描いたような偉丈夫である。

年の頃は四十がらみだが、その瞳は二十歳の若者の如く若々しい。

いくらなんでも、二十代で家老はあり得ぬだろうとの勝手な忖度で四十は過ぎている筈だと決めつけてしまったが、或いは三十代半ばくらいかもしれない。桐野の調べによれば、藩主の叔父にあたるそうだから、若くして要職に就くことも充分あり得る。

六尺ゆたかな長身に、骨太でよく鍛えられた見事な体軀に隙はなく、武芸も相当積んでいるであろうことは、ただ歩く姿を見ただけで、三郎兵衛にはわかった。

その上、男でも一瞬見惚れるような美貌の主である。

（なんと、錦絵から抜け出たように見事な男ではないか）

三郎兵衛ですらが、我を忘れて一瞬間見とれた。

「本日は、お招きいただきまして――」

と恭しく頭を下げながら兵庫介が挨拶の口上を述べきるのを待たず、

「よくおいでになられました、一柳殿」

常と殆ど変わらぬ顔つきで兵庫介を迎えた稲生正武の肝の据わり方に、三郎兵衛は内心舌を巻いていた。

ほんの寸刻前まで、「いやだ、いやだ」と童子のように駄々をこねていた男と同一人物とは到底思えない。

（こやつも、矢張りただ者ではないのう）

稲生正武は、町奉行、勘定奉行と、お決まりの厳しい道を通って、大目付に辿り着いた。町奉行時代の相役は、あの大岡忠相である。いざとなれば、覚悟ができているのは当然だった。

「下野守様には、お初にお目にかかります。小野藩江戸家老・一柳兵庫介にございいます」

「まあ、そうかしこまらず、こちらでしばしお寛ぎくだされ。本日は、一柳殿と同じく、播磨の方々をお招きしております故、席が整うまで、しばしご歓談くだされ」

ゆるりと言い置き、稲生正武は踵を返した。

個人が催す小さな茶会では、茶席へ案内する以前茶室の外に席を設け、その日の客を顔合わせさせる。茶室の中でより寛いだ気持ちになれるようにとの、亭主側のささやかな配慮である。

一柳兵庫介は、ゆるりとした笑顔で稲生正武の背を見送り、しかる後そこに置かれた床几の一つに、平然と腰を下ろした。

その身ごなし、まるで有職故実の書物から抜け出たように優雅なものであった。

（一体何者だ、あいつ？）

少し離れた植え込みの躑躅の陰からその一挙手一投足を見守っていた三郎兵衛は疑った。

（あいつ、本当にあの夜吉原にいた同じ男か？）

あの夜三郎兵衛は部屋の外にいて、低く囁くようなその男の声を聞いただけである。

顔までは見ていない。顔を見たのは、桐野だけだ。

だが、いまとなってみれば、桐野とて、本当にその男の顔を見たのか。

あのとき、座敷には、二人の男がいた。

果たして桐野は、もう一人の男の顔しか見ていなかったのではないのか。

「間違いなく、あの男です」

三郎兵衛の心の声に答えるように、そのとき桐野が耳許で囁いた。

「私は確かに、あの男の顔を見ました。お疑いになられるのでしたら、もうこの先大殿をお守りすることはできませぬ」

「すまぬ、桐野」

三郎兵衛は直ちに詫びたが、そのときには、桐野は既に踵を返し、歩を踏み出している。その姿はすぐに邸内の景色の中にかき消える。

「疑ってはおらぬ」

慌てて言い募った三郎兵衛の言葉を最後まで聞いてくれたかどうかも、わからない。

だが、そのおかげで三郎兵衛には些かわかったことがある。桐野は、三郎兵衛に対して心を開きたいと思っているが、思ったその矢先に、三郎兵衛側から戸を閉められてしまっていたのだ。

（すまぬ、桐野）

三郎兵衛はもう一度心の中で桐野に詫びた。三郎兵衛に対しては、通り一遍のつきあい方しかできぬ桐野が、若い勘九郎とは至極自然に、まるで友人の如く接しているのも、当然のことだった。

若い勘九郎には、お庭番という特異な存在に対しての偏見がない。勿論三郎兵衛とてないつもりではあるが、長く生きていると、己が望まずとも、心に澱（おり）のようなものを溜めてしまう。溜まった澱のぶんだけ、純粋ではいられなくなる。

桐野のように人の裏側ばかり見てきた者は、存外そういうことには敏感なものだ。

（勘九郎と馴染んでいるなら、それでいい）

三郎兵衛は強く己に言い聞かせた。

「あぁ、もう、死ぬかと思いましたぞ」

心底訴える声音で稲生正武は言い、言うなりその場に頽（くずお）れた。

一柳兵庫介をはじめ、茶席の客たちは既に辞去し、稲生家の一室に、いまは三郎兵衛と彼の二人きりだ。

「ご苦労だったな、次左衛門」

白々（しらじら）しくならない程度の思いやりをこめて三郎兵衛は労った。

気心を許せぬ相手との茶席など、まさに地獄である。

逆に、招かれたほうの立場であればどうだろう。毒でも盛られるのではないかと怯え、茶の味など、ろくにわからぬ筈だ。

ところが一柳兵庫介は、何一つ滞ることなく作法どおりにふるまい、稲生正武の点てた茶を平然と喫し、なんどもお代わりまでして、悠然と辞去したらしい。

「あやつは、化け物でございますぞ、松波様」

「なにがあったのだ、次左衛門？」

三郎兵衛は稲生正武に問いかけた。

一応茶室の外で耳を欹てていたが、さすがに中の会話を漏れ聞くことはできなかった。稲生正武の屋敷の茶室には、残念ながら窓がなかった。

狭い茶室の中では、会話も当然小声になる。それ故、密談の場とされることも多いのだ。

「あやつ、最後まで白々しくふるまいおって、こっちがなにも知らぬふりをしておるのをよいことに……よくも、それがしの点てた茶を平然と口にすることができたものでございます」

稲生正武は声を震わせ、心の底から訴えた。余程緊張したのだろう。三郎兵衛を見つめる両眼は当然涙目だ。

「で、茶室では一体なにを話したのだ？」

　恐る恐る三郎兵衛は訊ねた。

「別に、なにも……」

　だが、肝心な密談の内容となると、稲生正武の反応は薄かった。

「近頃江戸ではなにが流行（はや）っているか、とか……まあ、世間話のようなものです？」

「世間話？」

「ええ、いまの季節、播磨のあたりはどんな感じであろう、とか……」

「新田の話はしなかったのか？」

「するわけないでしょう」

「何故だ？　新田の件で揺さぶりをかければ、ぼろを出したかもしれぬではないか」

「極悪人を挑発するつもりはございません」

「ったく、それではなんのためにわざわざ呼びつけたのか、わからぬではないか」

「だったら、松波様がご同席くだされればよかったではありませぬか。……そもそも、そういうお約束でした」

「大目付が二人も雁首（がんくび）揃えていては、相手が警戒するだろうが」

「…………」

三郎兵衛の横柄な物言いに、稲生正武はさすがにムッとした。

気まずい沈黙が流れることとなる。

(言い過ぎたか?)

三郎兵衛が少しく後悔したとき、

「そういえば……」

同じく気まずさに耐えかねた稲生正武がつと遠慮がちに口を開く。

「ん?」

「去り際奴が――」

「なにか申したか?」

「本日のお返しに、今度は小野藩の藩邸に招待したいとぬかしました。まあ、社交辞令でございましょうが……」

「それだ!」

三郎兵衛は思わず手を打った。

「江戸家老に招待されれば、堂々と正面から藩邸に入ることができるではないか!」

「これだけははっきり申し上げておきますが」

「なんだ？」

「それがしは絶対に参りませぬよ」

「おい、次左衛門──」

「敵の懐に入るなど、それこそ、この首を差し出しに行くようなもの。それがしは、絶対にいやでございます」

「わかった。ではこうしよう。もし奴から招きがあれば、もう一人同道してもよいか、と訊いてくれ」

「たとえ松波様がご一緒してくださるとしても、いやでございます」

「いや、儂が一人が行く。当日、おぬしは急な病で行けなくなった、と言えばよい。名代として、儂が一人で乗り込もうではないか」

「松波様」

「な、そうしよう。それならよいであろう？」

「いくら松波様でも、悪の巣窟に乗り込んで、無事で帰れる保障はございませぬぞ」

「儂の心配か？　おぬしらしくないではないか。いっそ、小野の野郎どもに消されればよいと思うていようが」

「松波様！」

「なんだ、急に怖い顔などして……」

「お言葉が過ぎますぞ」

「…………」

強い言葉つきで窘(たしな)められ、三郎兵衛はさすがに己の失言を悔いた。

確かに、一度は三郎兵衛の命を秤(はかり)に掛けた稲生正武ではあるが、今回の件ではともに手を携えている。三郎兵衛の身を案じる気持ちに偽りはあるまい。嘘偽りのない気持ちを茶化されれば、腹も立つ。

「冗談じゃ」

少しときをおいてから、三郎兵衛はポツリと述べた。わざわざ詫びを言うのも無粋であろうと思われたためだ。

(結局なにも解らずじまいか。……上屋敷に忍び込んだ銀二のほうは、なにか収穫があったかのう)

とまれ三郎兵衛は、次の手立てを考えねばならない。

四

(尾行けられてる?)

ということに勘九郎が気づいたのは、下谷広小路の賑やかな通りを歩いているときだった。

桐野から、一つのしくじりにあまり固執しないように、との忠告をもらったばかりなのに、気がつけばまた、八代屋の跡地に足を向けてしまっていた。

何度見ても、既に商いをしていない商家の虚しい空き家がそこにあるだけだ。今更そんなものを見ても、なんの役にも立たないことはわかっている。それでも、来ずにはいられなかった。

(桐野は慰めてくれたが、やっぱり、俺は駄目な奴だな)

己にほとほと愛想が尽きる。

(せめて銀二兄みたいに、自在に何処へでも忍び込める技があればな。……何処かに盗っ人の道場はないのか)

そんな益体もないことを思いつつ、勘九郎は無意識に足を速めた。

鬱陶しいので尾行者をまこうと試みたのだが、

(いや、逃げることもないか)

すぐに思い返して足を弛めた。

逃げる必要は全くない。

尾行者は、明らかに一定の距離をとって勘九郎を尾行けてくる。殺気はなかった。

或いは、達人過ぎて殺気など覚らせないのかもしれないが、それほどの達人に狙われたなら、いまさらジタバタしても仕方ない。

なんの目的かはわからぬが、命を狙ってくる刺客でない限り、素知らぬそぶりで誘き寄せたほうがいいということは、銀二から教えられた。

幸い、土地勘のあるあたりを歩いていた。次の辻を曲がって少し行けば、即ちどん付きだ。勘九郎はその辻を右に曲がった。

曲がった先で息を殺して待つほどもなく、足音を消した尾行者が来る。

明らかに、勘九郎を尾行けていた者の気配だ。

(しょうがねえな)

勘九郎の行動は、明らかに尾行に気づいた者のとるべきものだった。勘の鋭い者なら、それに気づく筈だ。気づけば自ら去るしかない。

勘九郎は、尾行者には、できれば自ら去ってほしかった。下手人を捕らえるような真似は、本来勘九郎の性に合わない。

だが、

「…………」

どん付きの路地奥でクルリと振り向いたとき、目の前にいたのが黄八丈を着た若い娘であったことに、勘九郎は驚いた。

年の頃は十七、八。色白で目の大きい、可愛らしい娘だ。

「あ……」

黄八丈の娘も当然驚き、後退る。いや、直ちに踵を返して走りだそうとした。だが、

「待て」

勘九郎はそれを止めた。

もとより、言葉で止まるわけがない。踏み出して、逃げようとして翻る黄八丈の袂をきつく捕らえて引き戻したのだ。

「…………」

「どういうつもりだ？」

「…………」

娘は顔を背け、きつく唇を嚙み締めている。

「何故俺を尾行けている？」

「………」

「というより、あんた誰だ？」

なにも答えようとしない娘に、勘九郎は最も問いたいことを率直に問うた。

もとより、駆け引きも詰問も得意ではない。

だが、

「あ、あたしは……」

勘九郎の本音の質問に心を動かされたのか、娘は漸く、困惑気味に勘九郎をふり仰いだ。

「以前旦那に助けていただいた者です」

蚊の鳴くような声音で、言う。

「なに？」

「お、おぼえておられませんか？　鉄砲洲の、八代屋の寮に集められて、得体の知れぬ船に乗せられそうなところを、旦那に助けていただきました」

「………」

勘九郎はつくづくと娘の顔を熟視したが、見覚えはない。それもその筈、闇夜であったため、あの晩勘九郎は娘の顔を見ていないのだ。

ただ、その声には確かに聞き覚えがあった。

(この娘……)

あの折、「番屋に逃げ込もう」と提案し、怯え、慌てる娘たちを冷静に誘導した娘の声音である。

「あの折は、お助けいただき、本当に有り難うございました」

「…………」

「通りを歩いていて、旦那のお姿をお見かけしましたので、どうしても一言お礼が言いたくて……」

「嘘だな」

「え?」

「何故俺の顔を見覚えていた？　あの晩は闇夜だったぞ」

「…………」

「いや、あの晩あんたがあの場にいたのは本当だろう。その声には確かに聞き覚えがある。俺は耳がよくてね。一度聞いた人の声は忘れねえんだ」

言いながら、勘九郎は娘を逃さぬよう、摑んだ袂ごと、その中の細い腕も捕らえていた。娘はまた、苦しげに顔を背ける。

「あんた、一体何者だ?」

「…………」

率直すぎる勘九郎の問いに、娘は答えない。

「少なくとも、八代屋に借金してる家の娘じゃねえだろう? そもそも、堅気の若い娘が、あの騒ぎの中であんなに落ち着いていられるわけがねえんだ」

「…………」

「だったら、なんであの場にいたんだ?」

「やっぱりただ者じゃありませんね、旦那」

困惑しつつも、娘はつと目をあげて勘九郎を見た。

最前までとはうって変わって、別人のように強い瞳であった。その変わり身の鮮やかさに、勘九郎のほうが内心激しく動揺した。

「あたしは、北町の御用を務める者です」

「え? 北町?……北町奉行所のことか?」

「はい。お奉行様の、密偵です」

「へぇえ」

勘九郎は手放しで感心した。

（そういや、銀二兄ももとは奉行所の密偵だったんだよな）

ということに思い当たったところで、

（すると、この娘も元はお縄になった罪人なのか？）

一層驚く勘九郎の目の中に、その心中を読み取ったのだろう。

「はい。元の稼業は、これです」

存外潔い口調で言い、娘は、勘九郎に摑まれていないほうの手を自ら彼の前に伸べた。

「おっ……」

娘の手には、見覚えのある青い麻の葉模様の彼の財布が握られている。

「巾着切り？」

勘九郎は茫然と娘の顔を見返した。

「昔の通り名を、《手妻》のお香と申します」

「手妻の……」

まるで、夢を見ているような心地であった。

己の懐のものを易々と奪われたのも生まれてはじめてなら、二つ名を持つその筋の女と相対したのも、生まれてはじめてのことだった。

「俺は……」

名乗られた以上、こちらも名乗り返さねば、ということに思い至り、漸く口を開きかけたところで、

「大目付・松波筑後守様の御継子・勘九郎様ですね」

お香がすかさず、その先を引き取った。

「…………」

「旦那の、邪魔をするつもりじゃなかったんです。……あたしが追ってたのは、《蟷螂》の新三のほうで……」

「《蟷螂》の新三？」

「八代屋の手代をしていた男です」

「手代？」

勘九郎は懸命に思い出そうと努めたが、残念ながら無理だった。ひたすら八代屋だけを追った一ヶ月だった。手代や番頭の顔は、殆ど見覚えていない。

「何者なんだ、その《蟷螂》の新三ってのは？」

「盗賊です。それも、ひどい稼ぎ方ばかりする、極悪人です」

「そいつが、八代屋の手代におさまってたのか？」

「はい。新三が八代屋に入り込んだのは、一年ほど前のことです。てっきり、引き込み役としてお店に入り込んで、何れ仲間を連れて八代屋に押し込みに入るものと思っていたのですが……」

　お香はそこで言い淀んだ。

「どうした？」

　勘九郎は当然先を促す。

「それが、一年以上も、なんの動きもないんです」

「新三とやらが心を入れ替えて、堅気として働こうとしていた、とか？」

「あり得ません。あれは根っからの極悪人です」

　きつい目をしてきっぱりと言い切ってから、

「それで、どういうことか、与力の旦那やお奉行様があれこれご思案なさいまして、もしかしたら、八代屋というのは新三など足下にも及ばぬ、とんでもない悪党なのではないか、ということになったのです。……そういう目で八代屋を見るようになりましたら、あれほどあやしい者もおりませんでした」

「で、あんたたちは八代屋のことを、どれくらい調べたんだ？」

「おそらく、ほぼすべて——」

「え？」

勘九郎は思わず目を見張る。

「じゃあ、八代屋が何処へ行ったのかもわかるのか？」

思わず問うてみたものの、いともあっさり、

「わかります」

と言われたら、それはそれで、いやかもしれない、と勘九郎は思った。幸い、

「それはわかりません」

お香は小さく首を振り、溜め息をついた。そして、そんなお香の婀娜(あだ)な様子に、勘九郎はしばし見とれていた。

第四章　正体

一

「八代屋の正体は、抜け荷買いの悪党です」

　というお香の言葉は、さほど三郎兵衛を驚かせはしなかった。

　そこまでは、容易(たやす)く推察できていた。

　知りたいのは、何故一介の市井(しせい)の商人にすぎない八代屋が、抜け荷に手を出すことができたのか、ということだ。

　抜け荷の相手は、当然異国人である。一体どうやって、異国船の船長と知り合うことができたのか。それができた八代屋とは、何者なのか。

　それこそが、三郎兵衛の知りたいことにほかならなかった。

それ故、北町奉行所の密偵である《手妻》のお香という巾着切りあがりの娘に、直接会って話を聞いてみたいと思ったのだ。

「八代屋は、元々武士の出のようです」

「え？」

お香の話に、そのときはじめて三郎兵衛は反応した。

「どうやら、長崎奉行所の与力をしていたことがあるようで、抜け荷の取り引き相手とは、その頃に誼を通じたのかと――」

「なんと……」

三郎兵衛はさすがに目を見張る。

武士から町人に姿を変えるとなれば、それなりの覚悟がいる。貧乏旗本の冷や飯食いが商家の婿に入るなど珍しいことではないが、八代屋のそれは、そんな生ぬるいものではないだろう。

金儲けのために、武士を捨てて町人となった男の気持ちは、三郎兵衛には到底理解し難いが、不気味なほどの執念だけは感じられた。

「だが、何故それがわかったのだ？」

三郎兵衛が問うと、

「殿様は、何故あたしたちのような前科者が、お上の御用を務めさせていただいているのか、その理由をよくご存知ですよね」

小賢(こざか)しくも、お香は逆に問い返してくる。

密偵など務める女にありがちの賢(さか)しらである。内心やれやれ、と思いながらも、

「盗賊やその周辺の事情によく通じているからだ」

仕方なく、三郎兵衛は応える。

応えねば、話が進まぬと判断したからだ。

「はい。あたしのような一人稼ぎの巾着切りですら、何処かの誰かとはつながっております。ですが、八代屋を盗賊と睨んでその正体を突き止めようといたしましたところ、皆目わからないのでございます。……どんなに調べても、八代屋を知る者が、盗賊の中には誰一人いなかったのでございます」

お香は、三郎兵衛が南町奉行であった頃から、北町の御用を務めている。勿論(もちろん)話したことはないが、三郎兵衛に率いられた南町の華々しい活躍を、北町の同心たち同様、羨ましく思っていたに違いない。

そこで、一年以上も前から、八代屋の調べに全力をあげていた。

切っ掛けは、《蟷螂》の新三であったが、極悪なことでは人後に落ちぬ新三がおと

なしく従っているとは、八代屋とは、果たしてどれほどの悪党か。

《八代屋》為次郎は、一見して、これといった特徴を持つ男ではなかった。

勘九郎は、見るからに極悪人の面構えをしていると言うが、実際にはどこにでもいそうな、極めて平凡な容姿の男だ。

ただ、本当に血の通った人間なのかと疑いたくなるほど、酷薄そうに見えることはあった。そして、そういう男こそ、真に恐ろしい人物であるということが、長く裏稼業に身を置いていたお香になら、よくわかる。

「為次郎の似顔絵を描き、上方の盗賊から、それこそ国じゅうの盗賊という盗賊を尋ね歩きましたが、その顔を見知っていると言う者は、一人もおりませんでした。それで、或いは、町人ではないのかと思い、この十年くらいのあいだに突然姿を消した武士はいないかを調べました」

「よく調べあげたものじゃのう」

三郎兵衛が心底感心すると、

「ですが、八代屋の前身が武士だということがわかりましたのは、同心の旦那のお手柄でした。以前お奉行様のお供をして長崎奉行所へ行かれたときのことを覚えておられたのです」

まるで淀みのない口調で淡々とお香は告げる。

（よく口のまわる女子じゃな。……それに、若く見えても、実はそこそこ世慣れた年増であろう）

思うともなく、三郎兵衛は思った。

勘九郎がお香を連れて来たときは些か面食らった。黄八丈の着物に、髷を飾る緋縮緬の根掛はどう見ても十五・六の小娘の装いだ。てっきり、勘九郎がうっかり町屋の素人娘にでも手を出してしまい、始末に困って祖父の許へ連れて来たのではないか、と誤解しかけた。

が、北町の密偵と聞いて、すぐに合点がいった。よく見れば、それほど若くもないようだった。

「武家の、それも長崎にいたことのある者、ということがわかれば、あとはいくらでも調べる術がございます。奉行所には、記録が残っておりますから」

「残っていたのか？」

「いまより十年ほど前、長崎奉行所の与力を勤めてはおりましたが、元はといえば江戸の黒沼という旗本の養子でございました」

「黒沼？」

「はい。なんでも、子供の頃に養子になったそうですが、養子に入る以前の実家までは、残念ながらわかりませんでした。……なにしろ、三十年以上も前のことでございます故」

「仕方あるまい。長崎奉行所の与力だとわかっただけでも、たいしたものだ」

「おそれいります」

「それで、八代屋はいまどこにおる?」

「それが……」

「わからぬのか?」

「八代屋は、抜け荷商人となったこの十年ほどのあいだ、二、三年毎に江戸や京で手堅い商いをしながら、裏ではせっせと抜け荷をやっていました」

「うん」

「二、三年毎に店をたたんで、別の土地で商売をするんです。何故だかおわかりですか?」

と、再びお香が三郎兵衛に問う。三郎兵衛は最早それを賢しらとは思わなかった。

「もとより、裏稼業の抜け荷が露見せぬよう、用心してのことだろう。一箇所に長くとどまれば、それだけ多くの者に顔を見覚えられ、或いは正体が露見せぬとも限らぬ」

「それもあります」

「それも？」

「抜け荷目的で訪れる異国人どもが、最も喜ぶ品がなにかご存知ですか？」

「娘だろう。それも、若く美しい――」

「はい」

お香はいまや名軍師のように落ち着き払った口調で肯く。

「八代屋は、《雛人形(ひなにんぎょう)》と称して、娘たちに美しい唐綾(からあや)や錦(にしき)の衣装を着せ、人形に見立て、二人、或いは五人、十人と、雛人形の形態を整えて、異国人に売りつけていたのでございます」

「雛人形？」

「雛人形は、普通の商いでも、異国人から喜ばれる品の一つです。それが、生きた《雛人形》ともなれば、異国人は目の色を変えて欲しがります」

「外道(げどう)の仕業(しわざ)じゃ」

顔を顰(しか)め、吐き捨てるように三郎兵衛は言った。

「八代屋は、そのために、長い年月と手間暇をかけて器量のよい娘を大勢集めますが、適齢の娘を集めるにはやはりときがかかりすぎますようで、三年のあいだに、せいぜい二、三度集められればよいほうで……」

三郎兵衛の心中にはお構いなしに、お香は無表情に話を進めた。

三郎兵衛のことは、大目付というより、町奉行の認識が強いため、特に気後れすることはないのだとしても、この肝の据わり方は最早尋常ではない。

その口調、眉一つ動かさぬ冷めた表情など、三郎兵衛にとってはお馴染みの人物をすら思い起こさせる。

（北町の密偵にしておくのは実に惜しい。儂のところへ来てほしいくらいじゃ）

お馴染みの人物よりは遥かに可憐で、できれば側にいてほしいと思うお香の弁舌に、三郎兵衛自身が内心舌を巻いていると、お香の話はなお続けられる。

「雛人形を商うことで幼い娘を下調べし、あとはひたすら、ときを待つのです。……此度江戸で八代屋が雛人形を売った娘が年頃に育つのは、十年以上のちのことになります。そのあいだ、八代屋は、どんな商売をしていると思われますか、殿様？」

「わからんな。……一度、人を商うことの魔に魅入られた者が、他にどのような商売をするというのだ」

「さすがです、殿様」

お香はそこで一旦(いったん)言葉を止めた。

そのあたりの呼吸が、まるで二十年連れ添った古女房のようである。

「雛人形を売った娘が育つまでのあいだ、八代屋は、己が営む遊廓に身を潜(ひそ)めているのでございます」

「なるほど、遊廓を営んでおったか」

「はい。……吉原(なか)の遊廓こそは、よい隠れ蓑(かくれみの)でございます。おそらく楼主(ろうしゅ)は、別の者で、為次郎は亡八(ぼうはち)の一人になりすましているものと思われます」

「さもあろう」

三郎兵衛は小さく肯いた。

身を潜めているのだから、表に姿を現す筈がない。身を隠しているあいだに、次の悪事でも企(たくら)んでいるに違いない。

「それで、吉原のどの楼におるか、調べはついているのか？」

「それが、そこまでは……」

「なに？」

「色里には、色里のみで通用する不文律があり、外からは、容易に入り込めぬのでございます」

「馬鹿を言え。町奉行の威光を持ってすれば、容易かろう。その気になれば、市中のことなら、それこそ吉原の女郎の間夫が誰かまで、調べさせることができるぞ」

「それが……」

三郎兵衛に指摘されて、お香ははじめて口ごもった。心なしか、最前までの元気がない。

「どうした？」

「それが、お奉行様は、あまり乗り気ではないのです」

「なに、土州が？　何故だ？」

「お奉行様は、元々盗賊の捕縛などにあまりご興味のない方で……実は、今回八代屋を調べることに熱心だったのは与力の旦那方なのです」

「なんと！……しかし、賊の捕縛も奉行の大切な勤めだ。それがわからぬ土州でもあるまい」

「いまは、上様から直々に仰せつかったお役目で手一杯のようでして」

「ううむ、それでは仕方ないかのう……」

奉行の話題になった途端、お香の面上からも口調からも最前までの覇気が消えたことに、三郎兵衛は事の複雑さを慮った。

お香ら密偵に御用を命じた与力と、机の上の仕事に重きを置く奉行とは、おそらく折り合いが悪いのだろう。ここで八代屋の調べを強行すれば、益々(ますます)それが甚(はなは)だしくなる。

密偵とはいえ、奉行所の御用を勤める身としては、なるべくそれは避けたいところだろう。

(それにしても、そこまで調べがついていながら、未だにお縄にできていないとは、勿体(もったい)ない限りじゃ)

三郎兵衛は心中激しく唇(くちびる)を嚙んだ。

もし自分が町奉行の職にあれば、確実に捕らえるよう、与力・同心に命(めい)を下すところであるのに、とも思った。

「では、そなた自身はどうじゃ、お香?」

ふと口調を変え、三郎兵衛は再びお香に問いかける。

「え?」

「折角そこまで調べあげたのだ。八代屋の潜伏先を知りたいであろう?」

「それは……まあ……」

「ならば、引き続き、探索を続けてもらえぬか?」

「え、でも、それは……」

「勘九郎とうちの密偵が手伝う故……《闇鶴》の銀二、知っておるか？」

「そりゃあ、もう、《闇鶴》の兄さんの名を知らぬ者は、おりません。……確か、南町の御用を勤めておられるとか」

「いまは儂の用を勤めておる」

「え？　そ…そうなのですか」

「どうだ、やってくれぬか？……勘九郎は兎も角、銀二は役に立つぞ」

「は…い」

不得要領ながらも、お香は仕方なく肯いた。

相手は大目付である。否やが許される相手ではない。

「そうか。やってくれるか。……頼んだぞ、お香」

「は、はい」

仕方なく、お香はもう一度大きく肯いた。

「頼むぞ、お香。……必ずや、あの悪党めを獄門送りにしてやろうではないか。ふははははは……」

お香の反応に満足した三郎兵衛は忽ち機嫌よく哄笑したが、

（こいつは、とんだ殿様だよ）

お香は内心、呆れていた。

そもそも三郎兵衛は、「あの悪党め」と言う八代屋の顔すらまだ一度も見たことがない。

二

幸橋御門を出て、増上寺の寺領へと到る愛宕下界隈には大名家の上屋敷が数多く建ち並ぶ。

いつしかそのあたり一帯は大名小路と呼ばれるようになり、すると益々大名屋敷の数が増えた。

播州小野藩一柳家の上屋敷は、大名小路のほぼ中心といっていい場所にあり、堀田家毛利家酒井家などの大家と隣り合っていた。

（確かに、たかが表高一万石の小藩にしては、立派な上屋敷じゃ。いや、立派すぎるくらいだ）

愛宕山から眼下を見下ろしながら、三郎兵衛は思った。

大名屋敷の警護は厳しく、迂闊に門前をうろつけば咎めだてされかねないので、明るいうちはあまり近づかないほうがよい。

微行姿の三郎兵衛は遠目に確認しようと、近くの愛宕山に登ってみたが、いくらなんでも遠目すぎた。乗り物を使って往来すれば見咎められることもなく自然ではあるが、視界の閉ざされた狭い乗り物の中は大の苦手である。

「なぁに、大名屋敷が手強いのは表門だけで、勝手口にまわればちょろいもんでさ」

事も無げに銀二は言ったが、すぐに口を閉ざして俯いた。

先日銀二は三郎兵衛の命を受け、兵庫介が稲生正武の茶席に招かれているあいだに小野藩の上屋敷に忍び入った。

だが、三郎兵衛が望むような成果をあげることはできず、すごすごと引き上げたのだ。

「面目次第もございやせん」

「いや、あれは儂が悪い。いくら《闇鶴》の銀二でも、真っ昼間ではどうにもなるまい」

三郎兵衛ははじめから、さほど期待していなかったようだが、

「せめて、兵庫介って野郎の部屋がわかれば、もう少しなんとかなったんですが

……」

　銀二は心底悔しそうであった。

　忍び込むのは自分の仕事と思っているが故の矜持もあるのだろう。

「ただ、金蔵だけはしっかり確かめましたぜ」

「まさか、千両箱が山積みだったのではあるまいな？」

「………」

「なんだ、図星か？」

「御意」

「矢張り、貯め込んでおるか。……よくない了簡を持つ者共のやることはみな同じじゃのう」

「一体裏でなにをやらかして、稼いでやがるのか」

「ふうむ……」

「で、これからどうすんの？」

　満を持して、勘九郎が話に割り込んできた。

　本当はお香とともに八代屋捜しをしたいのだが、今日はどうしてもつきあえ、と強引に連れて来られた。

「まあ、いましばし待て。日が暮れてくれば、見咎められずに屋敷に近づくことができる」

「近づいて、どうするんだよ？」

「慌てるな。様子を見るだけだ」

「なんでだよ。爺さんなら、表から堂々と入れるんじゃないのかよ？　『大目付、松波筑後守なるぞ』って名乗ればいいんだからさ」

「馬鹿を言え。大目付だなどと名乗れば、殺されてしまうわ」

「黙って殺されるようなタマじゃないだろ、爺さんは。俺たちもついてるし。それに、桐野も、どうせ何処かで見守ってくれてるんだろ」

「お前は、本当になにもわかっておらんのう」

いまにも小野藩邸に乗り込まんばかりの意気込みを見せる勘九郎に、諭す口調で、三郎兵衛は言う。

「博徒や地回りの喧嘩ではあるまいし、大目付の儂が、用もないのに外様の上屋敷に乗り込むような真似ができるか。下手をすれば、直参と外様の争いになる」

「なんでだよ？　爺さんを殺そうとした奴を引き渡せ、ってだけの話だろ」

「江戸家老で、藩主の叔父にもあたる男を、黙って引き渡す筈があるまい」

「だったら、その兵庫介とかいう奴を呼び出して問い詰めたらいいじゃないか」

「それができれば、苦労はせぬわ」

「なにか企んでそうな、悪党なんだろ。だったらいっそ、始末しちまってもいいや。桐野なら、巧くやってくれるだろ」

「兵庫介一人を消してすむ話ではないかもしれぬだろうが」

「そうかなぁ。一番の悪党がいなくなれば、それですむんじゃないの？」

「………」

一瞬間三郎兵衛が言葉を躊躇(ためら)ったのは、あまりに単純すぎる勘九郎の考えに呆れ果てると同時に、僅(わず)かながらも、それも真理だと思う己がいたためだ。

一柳兵庫介について、いまのところわかっている悪事といえば、二人の大目付を闇に葬ろうとして刺客を放ったことのみである。それについては証拠がないため、追及することが難しい。藩邸の金蔵に千両箱を貯め込んでいるからといって、それ自体が悪事であることを証明するのはほぼ不可能である。

だが、勘九郎の意見にも、一理ある。

小野藩のすべてを牛耳(ぎゅうじ)っている悪の江戸家老一人を始末すれば、或いはそれですべてが丸くおさまるのかもしれない。

藩主の叔父でもあり、藩内で絶大な権力を有する江戸家老が突然死ねば、おそらく家中は多大な混乱を来す。他に頼みになる知恵者がいなければ、事を起こすことはない。おとなしく幕府の意向に従うだろう。

取り潰されるよりは、細々とでも生き残りたいに決まっている。

(存外、悪くないやもしれぬなぁ)

親馬鹿ならぬ祖父馬鹿で、最愛の孫の意見を肯定したく思ったとき、

「おい、なにやら煙が出てるぞ。ありゃ、火事じゃねえのか?」

その孫が、不意に眼下の一点を指差し、素っ頓狂な声を上げた。

「なに?」

「ほら、小野の屋敷のちょっと西のほう……あれ、火事だろ」

「火事ですね」

後ろから覗き込んだ銀二が、すかさず同意する。

「なんだと?」

三郎兵衛は忽ち表情を厳しくした。

火事自体は、決して珍しいものではない。だが、大名屋敷から出火するのは珍しい。大名屋敷には人手も多く、火の始末にも厳しく目を光らせている。もし仮に小火がお

こっても、大名火消しの手を煩わせるまでもなく、すぐに自力で消せるだろう。

大抵の火事は町屋から出火し、その火が燃え広がった結果、たまさか武家屋敷にも飛び火する。

いきなり武家屋敷から出火するという話は、あまり聞かない。それ故、

「付け火かもしれぬ」

三郎兵衛は無意識に呟いた。

だが呟きを聞いた途端、

「ちょっと、見てくるよ」

勘九郎は忽ち踵を返し、走りだす。

「これ、勘九郎ッ」

三郎兵衛は慌てて呼び止めた。

「危ないから、やめよ」

「危なくねえよ。こんな風のない日、たいして燃えやしねえから」

「それでも、火事場へなど軽々しく近寄るでないッ」

厳しく止めたが、勿論止まるものではない。火事が嫌いな若い奴はいないというが、勘九郎もどうやら御多分に漏れぬようだ。

「あっしも、見てきやす」

放っておけないのか、銀二も直ちにそれに続く。

「おい、銀二、お前まで、なんだ！　よい歳をして、みっともないぞ！」

三郎兵衛の小言など、もとより耳に届いてはいないだろう。

(儂は行かぬぞ)

三郎兵衛は勿論その場を動かない。

さすがに火事に目の色を変えて悪はしゃぎする年齢ではないし、山を駆け降りるなど、真っ平だった。その上、火事と見るや忽ち目の色を変えて駆けだして行くような輩にも、辟易していた。


勘九郎と銀二が門前に到着したとき、その屋敷からたちのぼる白煙と炎は、一層甚だしいものとなっていた。

火の手は、どうやら奥の厨のほうからあがり、忽ち燃え広がってしまったようだ。

(風もないのに、妙だな)

勘九郎は首を傾げる。

すると、ちょうど表門が開かれて、中から多数の人が飛び出して来る。

最初は一人二人……若い武士たちに続いて、すぐに女中や中間、下働きの者たちも来た。

「………」

皆、一様に必死の形相だ。

逃げ出す者と近所の屋敷から来たらしい見物人とで、門前は祭りの神輿を取り巻くような騒ぎであった。

どうやら火消しはまだ到着していない。

「近寄るなッ」

槍を手にした門番が、キレ気味に喚く。

「ええいッ、勝手に入るでないッ」

火がどうなっているか気になるし、本当は真っ先に逃げ出したいところだろうが、門番という職務上、それはかなわない。不審な者を誰一人邸内に入れてはならぬし、最後の一人が無事に屋敷から逃げるのを見届けるべきだという責任感で、懸命に踏みとどまる姿が、滑稽なまでの悲愴感に溢れていた。

そんな光景を間近に見ながら、

「ここは、何処の何方の屋敷なんだ？」

勘九郎は小声で銀二に問うが、

「さあ、お武家の御屋敷は何処も同じに見えて、あっしにはさっぱり……」

銀二は銀二で首を傾げるばかりである。

「銀二兄は、何処の誰の屋敷だってわかって忍び込んでるわけじゃないのか？」

「御前のお言いつけでもなきゃ、武家屋敷なんかに忍び込みやしませんよ」

「え、そうなの？」

「じゃあ、盗っ人してた頃は？」

「盗っ人の頃は、専ら大店ですよ。いつも大金がザクザク眠ってますし、なにより入り易いですしね。……それに比べて、武家屋敷なんて何処もしけたもんです。やたらと人ばっかり雇ってやがるもんだから、全部使用人の食い扶持に使っちまうんですよ」

「そうなのか。……でも、この前入った小野藩の屋敷には千両箱が積んであったんだろ？」

「だからといって、武家屋敷からは盗みませんよ」

「どうして？」

「重い荷物を持ってずらかるには、見張りの多い武家屋敷はかなり厄介なんですよ。

二本差しはすぐに段平抜きやがるし――」

「だって、表門さえ避ければ、裏口はちょろいんだろ？」

「あれは方便ですよ」

「方便？」

「ああでも言わねえと、御前があっしに用を言いつけにくくなるでしょうが」

「…………」

　勘九郎はさすがに絶句した。

（銀二兄は、爺さんに対して、そんなに気を遣ってるのか）

　期せずして銀二の、祖父に対する真摯な思いに接してしまい、少しく戸惑う。

「それにしても、火消しは遅いな」

　だが、それ以上深入りすることは避け、すぐに話題を変えた。

「ここは大名小路です。おっつけ来るでしょう」

　と銀二が言うように、まもなく黒っぽい装束を纏った大名火消しの一団が屋敷の門前に到着した。

「こちらは、越後高柳藩主丹羽薫氏様の御屋敷に間違いないか？」

　先頭の男が門番に問う。

「はい、間違いございませぬ」

門番が答えきるまで待たず、火消したちは屋敷の中へと突入した。

勘九郎と銀二は、その屋敷が、何藩の何方(どなた)の御屋敷なのかをはじめて知った。

「越後だとよ」

「気の毒になぁ」

「参勤中じゃなくて、不幸中の幸いだったな」

「ああ、殿様がお留守で本当によかった」

他の見物人たちもそれは同様だったのだろう。口々に言い合う声が勘九郎らの耳にも届いた。

(そうか。殿様は留守なのか)

勘九郎は納得するが、屋敷の主人が誰かという以前に、些か奇異に感じていたことがある。

屋敷内の何処からか、突然火の手があがった。それは間違いない。

皆、慌てふためき、為す術(すべ)もなく逃げ惑ったのかもしれない。そうでなければ、消し止めようとする者もあった筈だ。なのに、火は忽ちにして燃え広がった。

火のまわりが、あまりに早すぎる。

愛宕山の上から全力で駆け降りた勘九郎がここへ来るまで、四半刻もかかっていない。おそらく、その半分以下だ。

だが、彼らがその屋敷の門前に達したときには、既に炎があがっていた。

季節柄、それほど空気が乾いているとは思えない。風も殆ど吹いていない。ましてや、このところ二、三日おきに雨が降っている。

で、ありながら、この火のまわりの早さは、どういうことであろう。

「付け火かもしれぬ」

と愛宕山の上から見下ろしたとき、三郎兵衛は呟いた。

付け火であれば、予め燃えやすいよう油を撒いたりするだろうから、火のまわりが早くて当然だ。

(付け火とすれば、当然下手人がいるな)

漠然と思いながら見物する勘九郎の目に、そのとき不思議なものが過った。

恐怖に怯え、慌てふためきながら漸く逃れ出て来た者たちのあいだをすり抜けるようにしながら、スルリと屋敷内へ入り込む者がある。門番の目が、火消したちのほうに向いたその一瞬の隙を衝いて、だ。

(え?)

或いは、その物腰があまりに自然すぎて、火消したちの仲間と思われたか。少なくとも、見物人たちはそう思っただろう。

だが、火消しならば、揃いの装束を着ているべきなのに、その男は地味な鈍色の着物に同じ色の軽衫、朽ち葉色の袖無し羽織という、まるで隠居老人のようないでたちなのだ。年の頃は四十がらみ。人相まで見極める暇はなかった。

祭りのような大騒ぎの中では見過ごされがちだが、勘九郎は確かに見た。三〜四人、五〜六人と群れていればもっと目立ったであろうが、男は一人だった。しかし、人の流れに逆らう者の姿は、勘九郎の目にはしっかり映った。

「いまの、見た？」

勘九郎が銀二に耳打ちすると、

「ええ。……三人ほど、妙なのが入って行きましたね」

銀二の目は、さすがであった。

「え、三人も？」

「ええ。わざと離れて、赤の他人みてえな面してましたが、間違いなく全員連れです」

「三人とも、囚人が着るような地味なねずみ色の着物を着てたか？」

「ええ」

黒でも白でもない、その中途半端な着物の色は、濛々たる白煙の渦の中に完全に紛れ込んだ。

（わざわざ危険な火の中に入ってくなんて、よっぽどの火事好き？……なわけはないな）

勘九郎はしばし首を傾げた。

何故ともしれず、いやな予感がする。

大混乱を来している火事場に、自ら侵入するなど、到底正気の沙汰ではない。だが、彼らはおそらく正気で、なんらかの目的があって邸内に侵入したのだ。

「おい、どうなっているのだ？」

不意に背後から低く囁きかけられ、勘九郎は仰天した。

「風もないのに、ひどく燃え広がっておるではないか」

言わずもがな、三郎兵衛である。

息を乱している様子はないので、悠然と歩いて来たのであろう。それにしては、到着が早い。

「なんだ、結局爺さんも来たんじゃないか」

「儂は見物に来たわけではない」

憮然として三郎兵衛は述べる。

「何処の屋敷から火が出たのか、役目柄知っておこうと思ったまでだ」

「越後の高柳藩だってさ」

「高柳藩？」

「殿様の名前は、丹羽……なんだったかな？　ええと、丹羽……」

「丹羽薫氏か？」

「あ、それそれ。火消しの頭が、確か薫氏って言ってた」

「なんということだ」

三郎兵衛は思わず呟いた。

もう新しいことを覚えるなど到底無理だ、と稲生正武には言ったものの、いまでも、一度聞いた名は決して忘れない記憶力は健在である。

「知ってるの？」

「いや、面識はないが……で、薫氏殿は無事に避難なされたか？」

「なに言ってるの。いまはまだ参勤の時期じゃないから、殿様は江戸にはいないんだろ」

「ところが、いるのじゃ」

「え、なんで？」

「丹羽殿は、江戸定府(じょうふ)なのだ」

「じゃあ、いま江戸にいるのか？」

「ああ、いるだろう」

強い語調で勘九郎に問われて、不得要領ながらも三郎兵衛は応えた。

「だとしたら、奴らの狙いは殿様か⁉」

勘九郎は忽然(こつぜん)と覚る。

「なんだと？」

「いま、妙な奴らが屋敷の中に入ってってたんだよ。火消しでもねえのに、火の回った屋敷に自分から入ってくなんて、どう考えたって、まともじゃねえ」

「なに、それはまことか？」

「ああ、間違いない。屋敷に火をつけたのは、表門を開けさせるためだったんだ」

考えながら、勘九郎は述べた。

「そして、開けさせた門から刺客を送り込むために……な、そうだろ、爺さん？」

と三郎兵衛に問うておきながら、その答えを、勘九郎は待たなかった。

た。

「おい、勘九郎――」

三郎兵衛が言いかけるのと、勘九郎が駆けだすのとが、ほぼ同じ瞬間のこと。

「これ、待たぬか！」

そして、呼び止める三郎兵衛の言葉も聞かず、勘九郎は高柳藩上屋敷の門をめがけて走りだす。

走りだし、躊躇うことなく、表門のど真ん中から邸内へと飛び込むのを、三郎兵衛は茫然と見送った。

「おい銀二、あれは一体なにを言っていたのだ？」

少しく慌てつつも、三郎兵衛は銀二を顧みて問う。

「若のおっしゃるとおりです。妙な野郎が三人、屋敷の中に入って行きました。あっしはてっきり、火事場泥棒じゃねえかと踏んでましたが……」

「火事場泥棒だろう」

とは同意せず、三郎兵衛は見る間に顔色を変えた。

大名屋敷からの突然の出火に、火がまわりはじめた邸内に自ら侵入する謎の賊とくれば、当然三郎兵衛も、勘九郎と同じことを考える。火事場泥棒であれば、もう少し金のありそうな家――いつでも大金が眠っていそうな大店や、もっと楽に盗めそうな火事場に行くべきだろう。

「お役に立てるか、わかりませんが、あっしも行きます」

三郎兵衛の顔色からある程度のことを察した銀二も、直ちに勘九郎のあとに続いて走りだした。

「おい、銀二ッ」

呼び止めるものの、もとより止まるものではない。

「待て、銀二ッ！」

銀二もまた、勘九郎に続いて高柳藩の上屋敷に入った。

もとより、死を覚悟してのことである。町人が、許しもなく大名屋敷に踏み入れば、それだけで死罪だ。それを承知していながら、銀二は勘九郎のあとに続いた。

（いまこの場で首が飛んでも、仕方がねえな）

銀二は寧（むし）ろそれを喜んでいた。

長生きすることなど、全く望んではいないのだ。

無鉄砲な若者とともに行動することで、若い頃を思い出せるのが、実はなにより嬉しかった。息子のような歳の勘九郎のことも、いまは可愛くてしようがない。喜んで生死を共にしよう。

「ったく、なんという勝手な奴らだ」

三郎兵衛は苦々しく口中に呟きつつも、自らも仕方なく歩を進めた。高柳藩の上屋敷に入るためにほかならなかった。入る際、

「おい、入るぞ」

緊張と恐怖でガチガチに強張った門番に向かって、三郎兵衛は一応断った。おそらく、修羅の形相で。

「…………」

門番の耳には、

「通さねば殺すぞ」

としか、聞こえていなかったであろう。

三

表門を入ってしばらくは、石畳の通路が続く。館の入口までは、二、三町ほどの距離がある。

「…………」

すごい勢いで門内に飛び込んだものの、だが勘九郎は、入ってすぐに足を止めた。

「若？」

その背に追い着いた銀二が背後から訝る。

「あいつらだよな？」

と勘九郎が指差した先に、明らかに怪しい灰色装束の集団がいる。その数、四名。

さしもの銀二も、一人見逃したらしい。

門を潜ると、彼らは一箇所に終結し、一丸となって目的の場所に向かうようだった。

石畳を通り、真っ直ぐ屋敷の入口に向かうようだ。

「あいつらですね」

「何処に行くつもりなのか、少し尾行けたほうがいいと思わないか？」

「ええ、尾行けましょう」

勘九郎と銀二はすぐに同意し、しばし無言でそいつらを尾行けた。

四人は、邸内のことを知り尽くしている様子で、さっさと屋敷の表を抜けて中庭に入り込み、奥の書院に向かうようだ。長い渡り廊下を平然と行く。

奥の書院は、当然殿様の御座所にほかならない。

そのあたりまで来ると、中庭の池の水を汲み、火元へ運ぼうとする者たちの姿を見ることができた。何れも、尻端折りをした下働きの者か、粗末な着物に前掛けをした台所の女たちである。

不思議なことに、士分の者たちの姿は殆ど認められなかった。或いは、一人残らず逃げてしまったのかもしれないが、殿様を残して逃げるとは、とんでもない不忠者の集まりだ。

そもそも、火事が起こったとなれば、殿様と奥方を先ず真っ先に避難させるものではないのか。

（一体どうなってるんだ、この家中の武士どもは――）

歩きながら、勘九郎は絶えず考え続けている。

理由はわからぬが、どうしても藩主の命を奪いたいのであれば、他にいくらでも方法はあるだろう。なにより一番確実なのは、毒を盛ることだ。毒の種類によっては、急な病に見せかけて殺すことも充分可能だし、そのほうが手っ取り早くて安全でもある。

屋敷に火を付け、火事の騒ぎに乗じて刺客を邸内に招き入れるなど、いくらなんでも手がかかり過ぎている。

悪謀の主は、なにをとち狂って、これほど派手な方法をとらねばならなかったのか。

（殿様の命を狙ってるってのは、俺の早とちりなのかな？）

勘九郎は途中でまた首を傾げた。

火を付けた者は非力故自ら刺客となることができず、外から招き入れねばならなかったのかもしれない。

だが、狙いが藩主の命であれば、火事を起こすよりもずっと確実な方法がある。とすれば、仮に火事と侵入者が連動した一つの作戦だったとしても、屋敷に侵入する目的は別にある、と考えるほうが、ずっと自然だ。

「なあ、銀二兄」

勘三郎はふと、半歩後ろの銀二を顧みた。

「なんです？」

「火を付けた奴は、もう逃げたのかな？」

「…………」

「これほど火のまわりが早いってことは、火薬とか油とか、そういうのを使ったわけだろ」

「ええ」

「でも、そういうの使ったら、一つ間違えば、てめえもふっとんじゃうだろ」

「ええ」

銀二がほぼ黙っているに等しい状態で勘九郎の言葉を聞いていたのは、ただただ、前を行く奴らの姿を見失わないためだった。

(それほどの命懸けで、一体なにをしようとしてるんだ?)

勘九郎がまた疑問に思ったとき、

「こらっ、まだこんなところでグズグズしておるのかッ」

不意に、破鐘(われがね)のような怒鳴り声がすぐ近くから響いた。

「早く逃げぬかッ」

先を急ぐ刺客たちが、槌(つち)をふるってまだ火がまわっていないあたりを破壊していた火消しから、怒鳴りつけられたのだ。

一心不乱に作業中の火消しはいちいち人の姿など確認していない。ただ人の気配を感じたため、逃げ遅れた者がうろうろしているとでも思ったのだろう。

怒鳴りつけられた四人の刺客は驚き、促されるように先を急いだ。

「おい、そっちじゃないぞ!」

「そっちはもう火がまわっておる」

「表に逃げろッ」

複数の火消しが口々に怒鳴ったが、四人の目的は表に逃げることではないので、もとより聞く耳は持たない。

「なんだ、あやつら」

「死にたい奴はほっておけ」

渾身の力で槌をふるっている者たちにとっては、言うことを聞かない愚かな連中など、正直どうでもよい。

「ええい、なにをグズグズしておるのだッ」

不意に、今度は背後から怒声を浴びせられた。

「逃げられてしまうではないかッ。もっと急がぬかッ」

三郎兵衛であった。

「いや、あんまり急ぐと、追い抜いちゃうから……」

「そんな馬鹿なことがあるか——」

と自ら先に立って走りだそうとした三郎兵衛の目に、ほんの十歩ほど先を行く四人の背中が飛び込んできた。四人は特に先を急ぐ風もなく、悠然と歩を進めてゆく。

「おッ……」

三郎兵衛は思わずその場に立ち竦(すく)んだ。

四人の先に、大広間と思われる広々とした部屋が見えていた。

「なんか、様子がおかしくないか？」

「おかしい、とは？」

「殿様を狙ってきた刺客かと思ったのは、俺の勘違いだったのかも……」

「では、あやつらは一体何者で、なんのためにここにいるのだ？」

「それはわからないけど……」

「お前、そんないい加減な考えで血相変えてこんなところまで……」

「…………」

厳しく指摘され、勘九郎は一瞬間口を噤んでから、だが仕方なく言葉を継いだ。

「銀二兄の言うとおり、ただの火事場泥棒かも……」

「たわけッ！　そんな馬鹿なことがあるか！」

三郎兵衛は忽ち怒りを露わにする。

「こんなちっぽけな小名の屋敷に、金も金目のものも、あるはずがなかろう」

「それはちょっと言い過ぎなんじゃ……」

祖父のひどい暴言に、勘九郎は慌てる。

「たわけ。丹羽家は国替えを申し付けられて、もうすぐ播磨の国へ引っ越しだ。引っ越しには、お前などが想像もつかぬほどの大金がかかるのだぞ。金などないに決まっていよう」

「そういえば、爺さんは、ここの殿様を知ってるの？」

「…………」

無論、知っているわけがない。

たまたま稲生正武経由で得た知識である。

「それより、あいつらがただの泥棒なら、別にもう追う必要ないんじゃないか？」

「なに？」

「だって、この御屋敷には、どうせ盗まれるほどの金はないんだろ？」

「…………」

「火消しの皆さんは頑張ってくれてるけど、そろそろ火もまわってきてるし、これ以上奥へ進むのは危ないよ」

(こやつ……今頃になってなにをぬかしておるのだ)

三郎兵衛の怒りは忽ちその極に達するが、よく考えてみれば勘九郎の言うことにも一理ある。

「だが、あれほどあからさまに怪しい連中を、見過ごしにはできぬだろうが」

自らを奮い立たせて三郎兵衛は言い返した。

わざわざ火中の栗を拾いに来たというのに、なにもせずに戻るのはどうしても納得できない。そこが、若い勘九郎との違いであろう。

若者の興味は一つに限らず、すぐ別のものに移るが、年寄りはいつまでも一つのことに固執する。つと。

「…………」

勘九郎の目が、そのとき三郎兵衛の背後に釘付けとなった。

数歩先の広間の入口で、焼け焦げた梁(はり)が、禍々(まがまが)しい黒煙をあげながら、ドサリと落ちてきたのである。

が、勘九郎を無意識に反応させたのは、焼け焦げた梁ではない。

先を行っていた筈の灰色の着物の四人が、つと踵を返し、一斉にこちらに向かって来たのである。手に手に、刃渡りの長めな、独特の得物を構えている。

「ほれ、みろ」

三郎兵衛は呟きざま、抜き打ちに一人を両断した。

「ちゃんと、理由はあったであろうが」

言いつつ、三郎兵衛が瞬時に身を反転させたその勢いで、そいつの体は、左脾腹(ひばら)から右肩あたりまで、ドッと血飛沫(しぶき)を飛び散らせた。咄嗟(とっさ)のことで加減ができなかった。

「しまった」

三郎兵衛は思わず舌打ちした。

「つい、力が入ったわい。己の客と思うたら、なにやら嬉しゅうなってのう」

だが、刀を構え直しつつ、三郎兵衛は破顔(はがん)していた。炎の中で、返り血を浴びて笑う老人(というほどの年齢には見えないとはいえ)は、最早恐怖の対象でしかない。

残り三人の動揺は、はかりしれなかった。

「一人でよいから、生け捕りにしろよ」

「ああ」

さも億劫(おっくう)そうに鯉口(こいぐち)を切りつつ勘九郎は応えたが、正直自信はなかった。

相手の命を奪わぬため、刃ではなく刀の背で強く打つむね打ちは、実は力加減が難しい。力が入り過ぎれば、背であっても骨が砕け、最悪の場合絶命する。

かといって、手加減し過ぎて弱く打ち込めば、忽ち反撃されてしまう。気配から察するに、そう容易い相手ではなさそうなのだ。

(むね打ちか。いやだなぁ)

と思いながら、だが勘九郎が立ち向かうまでもなかった。

そのとき、素早く進み出た銀二が、匕首の柄で、三人の鳩尾へほぼ同時に軽く突き入れたのだ。三郎兵衛の笑顔に恐怖した三人が一瞬間心ここにあらぬ状態に陥った、その隙を決して見逃さなかった。

「うッ」

「へぇ」

「おぉ」

三人はそれぞれに呻き、その場に蹲る。

「おいおい、そんなところでのんびり休んでやがると、丸焦げになるぜ」

蹲った三人の頭上から、銀二が楽しげに言う。

「てめえたちを抱えて連れ出してやる義理は、こちとらにはねえからなぁ」

銀二のえげつない脅し文句を聞いた途端、三人は苦しげな顔をあげ、懸命に立ち上がった。

「よしよし、いい子だ。そのまま元来たとおりに戻って、表に出ような」

銀二の言葉に促されるかのように、苦しげな顔つきのまま、三人は歩を進めだす。死に至るほどの一撃ではなかったが、容易に立ち直れるほど生易しいものではなかった。置き去りにされるよりは、ともに屋敷の外に出ることを、三人は選んだ。たとえ、出た途端に、捕縛される運命にあるのだとしても。

三人のあとについて歩を進めつつ、

「こんなとこで深手を負わせて、担いで逃げるなんざ、真っ平ごめんですからね」

事も無げに銀二は言い、笑顔で三郎兵衛と勘九郎を顧みた。

何の役にも立たないどころではない。本日一番の功労者は、銀二にほかならなかった。

四

江戸定府の高柳藩主・丹羽薫氏は、その日たまたま、正室の由佳里(ゆかり)の方とともに東の茶室にいたため、火事で焼け出されるという悲惨な目に遭わずにすんだ。

東の茶室は、母屋から二十町以上も離れた屋敷の外(はず)れにあったため、屋敷が火事になっていることさえ知らなかった。そして、上屋敷に居住する主な士分の者は、藩主の警護のため、ほぼ全員が茶室の周辺にいた。

そのため、屋敷の主殿に、ほぼ武士の姿が見られない、という奇跡的な状況が成立した。

火を付けた下手人が、屋敷勤めの者だとすれば、その日その時刻に殿様と近侍らがその場にいないのを知っていたことになる。

知っていて敢えて火を付け、外にいる仲間を引き込んだ。仲間が屋敷内で好き勝手に行動するには、寧ろそのほうが好都合だったのかもしれない。

だが、その仲間はあえなく三郎兵衛に捕らえられ、厳しく詰問されることとなった。

「まだ、吐かぬのか?」

三郎兵衛は容易く焦れた。

町奉行の頃には、無闇と拷問することを嫌い、根気よく取り調べさせることで知られた三郎兵衛だったが、その当時の片鱗も見せず、激しく焦れた。

高柳藩の上屋敷からその三人を連れ出した後、それぞれ別々の場所に監禁し、代わる代わる詰問している。

「他の二人は吐いたぞ」

というような言葉の罠も屢々仕掛けたが、一向に吐かない。

吐かないどころか、捕らえられてから、一言も口をきいていなかった。

年の頃は、揃って三十がらみ。火事場で見たときよりも、実年齢はずっと若そうだった。

「せめて、何処の何者かくらいは言わぬか？」

口をきかぬ者に向かって、桐野は根気よく問い続けた。

「何処の誰かもわからねば、打ち首獄門のあと、無縁仏となるしかないぞ。それでよいのか？」

と言われたときには、三人三様に眉を曇らせたが、それでも黙り続けていた。

「命を惜しまぬ者の口を割らせるのは、難しゅうございます」

桐野は少しも悪びれることなく、三郎兵衛に告げた。激怒されることは覚悟の上だ。たとえ激怒されても、これ以上、無駄にときを浪費したくないという、お庭番なりの合理的な思考であった。

が、桐野の予想に反して、三郎兵衛は全く怒る様子をみせなかった。

「そうか。奴ら、命を惜しまぬか」

桐野の言葉を反芻（はんすう）するように復唱し、そして少しく考え込んだ。

「では、少々痛めつけてみるか」

「命を惜しまぬ連中ですから、拷問しても無駄かと存じますが」

「そうかもしれぬ」

三郎兵衛は肯いた。

「だが、実際に命を捨てることと、捨てるに到る過程は違うぞ、桐野」

「捨てるに到る過程？」

「武家に生まれた者は、生まれたその瞬間から、主君のために命を捨てるという考えを植えつけられる。それが武士道だと、教え込まれて育つのだ。それ故至極簡単に、死ねるものと思い込んでいる。だが、実際には、絶命するまで、気の遠くなるほどの苦痛を味わわねばならぬ」

「…………」

「簡単に命を捨てられると思うておる者は、存外苦痛に弱かったりするものだ」

三郎兵衛は言い、己の言葉を全く介さぬ様子の桐野に向かって、更に言葉を続けた。

「南町奉行をしていた頃にな、何度も極悪人をお縄にした。奴らは、平然と人の命を奪い、財を掠め、女子を凌辱する、正真正銘の極悪人じゃった。お白洲に引き出されても、顔色一つ変えぬような太々しい奴ばらだ。命など、全く惜しくなかったのであろう。……だがな、そんな極悪人の癖に、ちょいと石を抱かせた途端、仲間の名も、それまでに働いた悪事の数々も、易々と吐きおった」

「…………」

桐野はハッと顔色を変え、思わず三郎兵衛を見返した。

「死する覚悟と、現実の痛みとは全くの別物じゃ。……覚悟とやらが、必ずしも痛みに勝るわけではない」

「はい」

桐野は素直に肯いた。

死者を相手にしている、と思ってしまったのは、桐野らしからぬ早計であった。確かに、死ぬ死ぬ、と口走っていた輩が、実際の危難に際したとき、顔色を変え、だらしなく助けを求めるところに何度も遭遇していた。

「そちならば、人にとって最も痛いところを責めることができよう？」

「…………」

答えを一瞬躊躇ってから、

「はい、できまする」

桐野は答えた。

三郎兵衛は最早、桐野とのあいだに絆を結ぼうという望みを捨てた。桐野は、勘九郎とのあいだに絆を結んでくれればいい。己は、上様から遣わされたこの宝を、自在に使いこなせれば、それでよい。

そう開き直ったが故の、三郎兵衛の命(めい)であり、それを察した桐野の答えであった。

「うぬらは、伊賀者であろう？」

三人の中の一人に向かって、淡々と桐野は問うた。

「うぬらの得物は、伊賀者の用いる忍び刀であった。それだけわかれば充分だ」

三人のうちの一人は、顔色を変えぬよう懸命に装っているが、明らかな動揺を隠しきれない。

「何処の伊賀者かは知らぬが、最早知る必要もない。大目付様のお命を狙うた罪で、すべての伊賀の里を焼き払い、伊賀者を根絶やしにする」

「そんな……」

そいつはさすがに顔色を変えた。

既に一頻りの責めを受け、青息吐息である。但し、表立って傷や痣などは一切ない。桐野の拷問には無駄がなく、人の体の最も弱い箇所を確実に打ち据えるため、細くよく撓る杖で一、二度強く打ち据えられただけで、即ち悶絶してしまうからだ。

命を捨てる覚悟をしたからといって、無限に続く苦痛に耐えられるかといえば、どうやらそうでもないらしい。

「さ、里の者はなんの関わりもな……い」

「なにを言う。お前たちの生まれ故郷だというだけで、充分な関わりだ。お前たちのような罰当たりを生み出した罪は重いぞ」

「お、俺たちを殺せばそれですむことだろう。は、磔でも獄門でも、好きにしろ」

「もとより、何れそうなる。だが、それまではせいぜい苦しみ続けろ」

冷ややかな桐野の言葉に、その男は深く項垂れるばかりであった。

「桐野、怖いな」

「うむ。ああいう優しげな風貌の男がえげつない言葉を口にすると、凄味があるのう」

三郎兵衛と勘九郎とは、桐野が拷問を行っている土蔵の外から、大きく伸び上がって中を覗き込む。土蔵の窓には格子が塡められており、そこに摑まってつま先立ちになると、辛うじて中の様子を窺うことができた。

桐野から、中を覗くなと言われているわけではないし、別に立ち合ってもよいのだが、桐野の気が散ってはいけないと勝手に判断し、外からこっそり覗くことにした。

桐野は言葉を止め、再び杖を手にすると、なにもない床を二、三度、
びしぃッ、
びしゅッ、

と打ち据えて馴染ませてから、男の股間めがけて、それを思いきり打ち下ろす。

「ううッ……」

男は、あまりの苦痛に白目を剝く。

(あれは痛い……)

勘九郎は思わず目を逸らした。

「なんだ、もう音を上げるか。つまらん。……次は、里を焼いたという知らせを聞かせてやってから、じっくり責めてやる」

「ま…待ってくれ」

酷い言葉を浴びせざま、踵を返す桐野を、男が懸命に呼び止めた。

「頼む……里を焼くのは、やめてくれ」

「なんだ？　己の命乞いよりも、里の心配か？」

「頼む、やめてくれ」

「…………」

「やめてくれたら、話す……」

「なに？」

桐野が本気で驚いたほど呆気なく、そのときは訪れた。

「知っていることを、全部話すから……頼む、里を焼くのだけは、やめて…くれ」

「いい加減なことを言うな。どうせ、作り話だろう」

「嘘はつかない。俺たちが、なんの目的で雇われたのか、知っていることは全部話す」

「…………」

桐野は黙って男を見下ろした。

伊賀者なので、必ずしも信用はできない。だが、そいつの顔つきはいたって神妙だ。

適当に痛めつけたら、「生まれ故郷の里を焼く」と言って脅せ、という策を授けたのは三郎兵衛である。より、口を開きやすくするためだ、と三郎兵衛は言ったが、桐野にはその意味がよくわからなかった。

(そういうことか)

いまは、はっきりと理解した。

死を覚悟した者が、多少痛めつけられたくらいで容易く口を割るのはさすがに体裁が悪い。しかし、生まれ育った故郷を蹂躙(じゅうりん)され、そこに親や縁者がいるとすれば、彼らも皆殺しにされる、となれば、やめてほしいと思うのが人として当然の情だ。痛みに堪(た)えられずに口を割ったと思われるよりは、ずっとよい。

「それほど話したければ、聞いてやろう。だが、里を焼くか焼かぬかは、話を聞いてから決める」

あくまで冷ややかに桐野は言い放ち、桐野はまた一撃、床を叩いた。

土蔵の床の土が激しく爆ぜ、束の間小さな竜巻が起こったようにも錯覚させた。

第五章　真実の貌

一

三人——いや、一人は三郎兵衛の手で斬られているため、実際には四人だが——は、同じ里の出というわけではないが、ともに伊賀の周辺で生まれ育った。

江戸に出て来た時期は違うが、同じ目的を持った伊賀者同士であれば、遠からず顔を合わせることになる。金目当ての汚れ仕事で一緒になったのを機に連むようになり、もう何年ものあいだ、よからぬ仕事で小遣い稼ぎをしていたという。

本当は、しかるべき武家に雇われたかったのだが、緊縮財政下の江戸で、得体の知れぬ伊賀者を雇ってくれる武家などあろう筈もない。

その気になれば、忍びの技を生かせるよからぬ仕事はいくらもあり、四人が食うに困ることはなかった。

だが、今回彼らに舞い込んだ仕事は、ちょっと奇妙なものだった。

なにしろ、火事で燃え上がった屋敷に目立たぬよう侵入し、彼らのあとを尾行けて来た者を殺せ、というのだ。

「火事場に、入るんですかい？」

「尾行けてくる奴って、誰なんですか？」

「火事で燃えてる屋敷に、火消しでもねえのにわざわざ入って来るなんて、正気の沙汰じゃありませんよ」

「もし、誰も尾行いて来なかったら、そんときはどうするんです？」

四人の問いに、彼らの雇い主は不敵な笑みを浮かべつつ応じた。

「絶対に、尾行けて来る。お前たちは余計なことを考えず、言われたとおりにやればいい」

確信に満ちた口調で雇い主は言った。

それでも四人は半信半疑であったが、なにしろ報酬が破格であったため、それ以上はつべこべ言わずに引き受けた。

雇い主の口ぶりから察するに、屋敷に火をつける者もまた、同じ雇い主の手の者であろうと思われた。そうでなければ、都合よく火事が起こる筈はない。

「必ず、殺せ」

雇い主は念を押した。

雇い主の名は、知らない。

通常、こういう仕事の依頼で、馬鹿正直に名乗る雇い主はいない。もとより、雇われる側も、金さえもらえればいいのであって、特に知りたいとは思わない。

それ故、その点については、三郎兵衛は執拗に追及しようとは思わなかった。

そんなことよりも、もっとずっと、興味深いことがあったのだ。

「ほう、『大目付松波筑後守を殺せ』と命じられたわけではなく、火事場に現れた者を殺せと命じられたとな？」

眉を顰めて苦笑を堪えながら、三郎兵衛は問い返した。

「…………」

男たちは黙って肯いた。

三人別々に話を聞いた後、三郎兵衛は三人を一箇所に集め、再び同じ話をさせた。

それぞれに嘘を吐いたとすれば、その綻びを取り繕うため、必死で口裏を合わせようとするだろう。三郎兵衛はその様子を見極めようとした。

しかし、三人の話にはさほどの食い違いはなく、殊更取り繕う様子もなかった。

観念して一度話してしまった以上、なにも隠すつもりはないように見えた。

最初のだんまりが嘘のようである。今更ながら、名も知らぬ雇い主のため、苦痛に耐えるのも馬鹿馬鹿しくなったのかもしれない。

「では、貴様らは、誰を殺すのかもわからず、その者に雇われたことになる。もし相手が、鬼神のごとき強者であったら、どうするつもりだったのじゃ？　うぬら四人でかかれば、無敵とでも思うておったか？」

「そ、それは……」

三人は異口同音に言い淀んだ。

「いままで、なんとかなっていたので……」

「四人でやれば、なんとかなると……」

「ああ、もうよい。連れて行け」

その弱気な様子を見て、三郎兵衛は億劫そうに桐野に命じた。

それ以上、彼らから得られる情報はなにもない、と判断したのだろう。

「あいつらの言うことが本当だとしたら――」

三人が去るのを待ってから、ふと勘九郎が口中に呟く。

「そうすると、爺さんが狙いとは限らないんじゃないか？」

「なに？」

「雇い主は、火事場に現れて、あいつらのあとを尾行けて来た奴を殺せ、って言ったんだろ。……大目付は普通、火事場に現れないぜ」

「…………」

「爺さんは、奴らの雇い主が、小野藩の江戸家老の一柳兵庫介って奴だと思ってるんだろ？」

「当然だ。あやつのほかに誰がおるか」

「俺は違うと思うな」

珍しく真剣な顔つきで勘九郎は言い返した。

「俺は、八代屋じゃねえかと思う」

「なんだと？」

「吉原帰りの爺さんに刺客を差し向けた奴は、小野藩の江戸家老なんだろ。そのときの刺客は、割ときっちりした武士たちだった、って桐野に聞いたよ」

「…………」

「俺と銀二を襲った奴らは、武士が半分、残りはよくわかららない与太者だった。もしかしたら、伊賀者もいたかもしれない。得体の知れない伊賀者みたいな奴らを使うのは、八代屋のやり方なんだよ。だから、あいつらが狙ってたのは、銀二兄と俺の命だよ」

「なるほどのう。確かにそれも、一理あるかもしれぬ」

三郎兵衛は少しく感心し、勘九郎の言い分を一応認めた。

「だが、一介の商人にすぎぬ八代屋が、如何なる手段を用いて、大名屋敷に火を付けるというのだ？」

「そ、それは……」

「あの火事は、おそらく一柳の指図で高柳藩邸に潜りこんでいた間者が起こしたもの。……屋敷から逃れ出て来た者の話によれば、台所のあたりで、なにやら、バンッ、と激しく爆ぜる音がしたそうだ。大方、火薬を仕込んでいたのであろう。そうでなければ、風もなく、雨も多いこの季節に、確実にあれほどの火を出せるわけがない」

「確かに……」

勘九郎は容易く同意した。

日頃激しく反撥するし、全く敬意を払おうともしないが、本来勘九郎は、三郎兵衛の叡智に全幅の信頼をおいている。

（爺さんがここまで言うなら、やっぱりそうなんだろうなぁ）

いまひとつ、腑に落ちない点はあるものの、勘九郎はもうそれ以上、三郎兵衛に反論を唱えようとはしなかった。

勘九郎が訝（いぶか）ったのは、それが、何故高柳藩という北陸の小藩の上屋敷でなければならなかったのか、という一点だろう。

江戸市中に、大名屋敷ならそれこそ星の数ほど存在する。三郎兵衛を誘（おび）き出すのが目的で、大名屋敷であれば何処でもよいのなら、何故高柳藩が選ばれたのか。

勿論、警備の厳重さ、邸内に常駐する家臣の数などといった問題はあるだろう。警備が手薄で、家臣の数も少ないほうがよいに決まっている。

だが、三郎兵衛には、高柳藩という名を聞いたときから、一つの確信があった。

一柳兵庫介の企てた狂言の舞台は、どうしても、高柳藩の上屋敷でなければならなかったのだ、という確信が。

「一柳兵庫介めが、高柳藩の国替えを阻止しようと企んでいる、ですと？」

稲生正武はさほど顔色も変えずに問い返した。

その程度の些細な揉め事なら日常茶飯なので、最早（もはや）感覚が麻痺してしまっているらしい。

「なるほど、それで、高柳藩上屋敷に火を付けたというのでございますな」

そして、その火事場に、三郎兵衛が偶然居合わせたという事実こそが、稲生正武を密かに驚かせていた。密偵を使ってなにやらコソコソ内偵させていることは知っているが、まさか自らも危険な場所に出向いているとは思わなかった。

（このお人は、本当に、年をとるということを忘れてしまったのか）

という内心の戦き（おのの）にも近い感情など、勿論おくびにも出さず、

「それで、下手人（げしゅにん）は捕らえられたのでございますか？」

淡々と問い返した。

「いや、それはまだだが……」

「下手人がおらぬのでは、それを証立て（あかしだ）ることは難しゅうございますな」

（こやつ……）

まるで先日刺客の話をした際の仕返しの如くにも聞こえる稲生正武の言葉に、三郎兵衛は少なからずムッとした。

「そもそも、火付けの下手人は、まこと、一柳兵庫介の手の者に間違いないのでございますか？」

「小野藩というのは、高柳藩の転封先である加東郡の三草とは、目と鼻の先のところにあるのだろう」

「よくご存知ですな」

「儂とて、大目付として日々精進しておるわい」

揶揄するような稲生正武の口調に、三郎兵衛は憮然とする。

「三草は、新田も多く、表高は一万石であるが、実際には二万石以上もあるそうではないか」

「まあ、そうでもなければ、わざわざ国替えさせるのは酷でありましょう」

と、三郎兵衛の眼光の鋭さに気づいたか、少しく表情を弛めて稲生正武は応える。

「それでも、陣屋の新築が国入りまでに間に合わぬ、という理由で、国入りの時期を先延ばしにして欲しい、という願いが出ていたのであろうが」

「ええ、まあ」

「要するに、金がないのであろう。そこへ、此度の上屋敷の火事だ。藩主とご正室は当分中屋敷で暮らすとしても、屋敷の再建にはまた莫大な金がかかる。国替えなど、到底無理だ」

「…………」

「高柳が国替えできねば、本来三草藩の実入りとなるべき田畑の収穫を奪い、すべて小野のものにしようと企んでおるのではないのか？」

「三草には、幕府の代官がおりますから、左様に不埒(ふらち)な真似はできませぬ」

「だが、三草に来る筈の高柳藩主が死んでしまえばどうなる？」

「え？」

「一柳兵庫介は、上屋敷に火を付ける際、あわよくば藩主の丹羽薫氏を葬ろうと考えた筈だ。だが、薫氏と奥方がたまたま火元から離れた場所にいたため、それがかなわなかった」

「なるほど、そうかもしれませぬが、その証が立たねば、依然として一柳を罰することはできませぬ。それに、上様が、一度お決めになられたことを、覆されるとも思えませぬ」

「おぬしは随分落ち着いておるな。ついこのあいだまで、一柳の所業に憤っておったではないか」

「それがしは、覚ったのでございます」

三郎兵衛に指摘されても顔色を変えず、落ち着き払った声音で稲生正武は言う。

「なに？」

「証が立たねば、こちらで証を作ればよろしい」

「証を作る、だと？」

「ここに、一柳家の家紋の入った小刀がございます。松波様を襲うた火事場から発見された、どういうことか、と小野藩の江戸家老に詰問いたします」

　稲生正武は己の背後からひとふりの小刀を取り、徐（おもむろ）に三郎兵衛の前に置いた。

「まこと、一柳家の刀なのか？」

「さあ、存じませぬなぁ。……いまどき、市中の質屋を片っ端からあたれば、手に入らぬものはないと言いますからなぁ」

「なっ、それでは……」

(捏造（ねつぞう）ではないか)

　という言葉を、三郎兵衛は辛うじて呑み込んだ。稲生正武の考えを、一応最後まで聞いてみようと思ったからだ。

「だが、刀が明らかに贋物（にせもの）であれば、一柳はしらを切るであろう。しらを切られたら、それまでではないか」

「ときを同じくして、一柳家の屋敷から、あやしい品が見つかればよいのでございます」

「あやしい品とは？」

「火付けをしたという、動かぬ証拠にございます。たとえば、煙硝とか、火種に使った蠟燭ですとか……」

「そんなもの、見つかるわけがあるまい。とっくに処分しておるわ」

「必ず、見つかります。なんなら、下手人も見つかるかもしれませぬ」

「そ、それは……」

三郎兵衛はさすがに絶句した。

しばし惘れて、言葉が出ない。

「そのような詐術が、通用すると思うか、次左衛門。おぬし、どうかしているぞ」

「通用するかしないか、やってみなければわかりません。……それがしは、必ず成し遂げてみせまする」

「これ、次左衛門――」

「どうかしているのは、松波様のほうでございます」

稲生正武はつと顔つきを変え、更に強い語調で言う。

「一柳兵庫介めは、途方もない奸物でございまするぞ。……白昼堂々大名屋敷に火を放ち、検分に訪れた大目付を襲うなど、到底正気の沙汰とは思えませぬ。斯様に悪辣な輩を、これ以上捨ておくわけにはまいりませぬ」

「それはそうだが……」

「そもそも松波様は迂闊過ぎまする」

「なんだと！」

「そうではありませぬか。……のこのこ火事場などに赴き、まんまと敵の術中に嵌まったのでございますから」

「………」

三郎兵衛は口を噤んだ。

腹の立つ言い草だが、確かに稲生正武の言うとおりで、言い返す言葉が見あたらない。

四人の伊賀者の腕がなまくらであったため、何事もなかったが、もし桐野級の腕利き四人に、同時に襲われていたなら、果たしてどうなっていたかわからない。

伊賀者の口から、あの日の狙いを吐かせてからというもの、そのことを考えぬでもなかったが、実際三郎兵衛の首がつながっているのは、奇跡に等しいのかもしれない。

（だが、だからといって……）

稲生正武の行おうとしている詐術は、あまりに酷い、と三郎兵衛は思った。

口に出せば、「お甘い」と鼻先で笑われそうなのでしばし口を噤んでいたが、三郎兵衛にとってはご先祖かもしれない《蝮》の道三だって、そこまで非道い詐術を行ってはいまい。

「おぬしの考えはわかった。一柳兵庫介をこのまま放っておけぬ、という気持ちは、儂とて同じだ」

「おわかりいただけましたか、松波様」

「ああ、わかった」

「それでは――」

「わかったが、ちょっと待ってくれ」

いつもと違い、やや辞を低くして三郎兵衛は懇願した。

「…………」

稲生正武は当然訝る。

「一柳兵庫介の仕置きについては、儂にも少々存念がある」

「ほう、どのような御存念が？」

「それは……」

少しく言い淀んでから、

「兎に角、いましばし、儂の思うようにやらせてくれぬか」

三郎兵衛は更に下手に出た。

「ですから、その御存念をお聞かせくだされ」

が、稲生正武は追及の手を弛めようとしない。日頃居丈高な三郎兵衛が、こうまで下手に出ているのだから、少しは手加減してくれてもよいではないか。

三郎兵衛はそう訴えたかったが、さすがにそれはできなかった。

一方稲生正武のほうでも、

（この御仁は、なにも思いついておられぬな）

ということくらい、お見通しであった。

それ故、ここはそろそろ折れてやってもいい、とは思っている。

思ってはいるのだが、そういう殊勝な三郎兵衛をもう少し見ていたくて、稲生正武は無表情の芝居を続けていた。

（日頃のことを思えば、これくらい、罰は当たるまい）

と思っている心中を気取られぬよう無表情を装いながら、稲生正武は懸命に笑いを堪えていた。

稲生正武の暴走を一旦は食い止めたものの、三郎兵衛にも一向によい策は思い浮かばない。

「どう思う？」

考えあぐねて、桐野に問うてみた。

三郎兵衛の身近にいて、最も経験を積み、最も実用的な叡智を有する者はほかにいない。すると桐野は、

「それは、一柳兵庫介を密かに始末せよ、との御下命でしょうか」

いつもどおり、眉一つ動かすことなく、真顔で問い返してきた。

「いや、それは……」

三郎兵衛は些か慌てた。

「若のおっしゃることにも一理あると、私も思います」

一柳兵庫介一人を密かに葬ることで、必要以上に小野藩を傷つけずにすむかもしれない。

三郎兵衛も、半ばその考えに傾いている。

が、いまひとつ踏み切れぬのは、三郎兵衛の中に、激しくそれに抗する思いがあるためだ。

では何故、抗するのか。

改めて考え直したとき、

(儂は、一柳兵庫介という男のことを、何一つ知らぬではないか)

ということに、漸く思い至った。

稲生正武に茶会を催させ、強引に屋敷に招待させたとき、結局三郎兵衛は茶席に入らず、遠目にその男を垣間見ただけだった。

今更ながらに、それを悔いた。いま思えば、なにも、馬鹿正直に大目付だなどと名乗らず、別人として同席するという方法もあった。兎に角、同席して言葉を交わしてみるべきだった。

稲生正武から話を聞くだけでは、不十分であった。稲生正武の兵庫介観は、あくまで稲生正武の主観があってのことである。己の目で見て、己で接する。そうでなければ、真に相手を理解するには到らない。

「話がしてみたい」

三郎兵衛は、漸く己の本音を口にすることができた。

「兵庫介とでございますか?」

「ああ。実際に顔を合わせて言葉を交わさねば、相手の心底は見極められぬ」

「心底を見極めて、なんといたします？」

「話してみて、こやつはなかなか見所があるとわかれば、その言い分を、聞いてやるわい」

不意に明るい表情になり、常の口調で三郎兵衛は言った。

じんわりと気持ちを濁らせるような蟠りが漸く去って、なにか吹っ切れたようであった。

それがわかったので、

「では、座を設けまするか？」

念のため問い返す桐野の口調も僅かに明るいものとなっていたのだが、もとより三郎兵衛は気がつかない。

「いや、そこまではしなくてよい」

「では……」

「平素の奴を見てみたいのだ。次左衛門の屋敷に招かれた折は、大目付の屋敷であるということもあり、余所行きの貌であった筈。儂は奴の真実の貌を見てみたい」

「真実の貌、でございまするか」

鸚鵡返しに言ってから、桐野はしばし困惑の表情を見せた。

三郎兵衛の気持ちに明るい萌しが射したのならなによりだ。だが、元気になると忽ち厄介な頼み事をしてくる。

(孫も孫なら、祖父も祖父だ。……この家の男はなんと厄介な気性の者ばかりなのだ)

その本心を隠すため、静かに目を伏せたきり、しばしのあいだ沈黙していた。

本来の役目からは既に大きく外れているものの、命じられれば即ち応じるのがお庭番の勤めでもある。主君の命に従うのみで、知恵を出すのは筋違いである。

二

日中ならば、そろそろ汗ばむ陽気ではあるが、明六ツ前の早朝の空気は肌に冷たい。

早朝ではあるが、季節柄、赤坂溜池の周辺にはちらほらと人出が見受けられた。

(蓮見物とは、随分とまた、優しい趣味ではないか)

内心苦笑しながら、三郎兵衛は溜池の端に懐手で佇んでいる。

溜池の中では、鮮やかな紅や清楚な白い花が咲きはじめていた。

三郎兵衛の無理な要求に応えて、桐野が探ってくれた一柳兵庫介の日常に、早朝の蓮見物があった。

「蓮見物?」

「はい。数人の供を連れて、明六ツ前に愛宕下の屋敷を出、溜池に向かいまする。毎日ではないため、はじめはなにか目的があってのことかと思いましたが、誰かと会うわけでもなく、ただ四半時ばかり溜池の周辺を散策し、そのまま屋敷に戻ります。……蓮見物に来ているとしか、思えませせぬ」

「そう…か」

桐野の報告を受けたときには、さすがに半信半疑であった。

だが、最早ぐずぐずす思い迷っている猶予はない。三郎兵衛になんの策もないとわかれば、稲生正武は直ちに己の計画を実行するだろう。

それは阻止せねばならぬ。

半信半疑ながらも、三郎兵衛は自ら溜池に足を運んだ。幸い、早起きはさほど苦にはならなかった。

この三日ほど、連日足を運んでいる。

ときが合わぬのか、それとも偶々(たまたま)来ていないのか、未だ一柳兵庫介と顔を合わせてはいなかった。

（来ました）

三郎兵衛の耳許に低く囁いて、桐野は去った。勿論、姿を消しただけで、三郎兵衛の身になにかあったときは瞬時に駆けつけられるところに待機しているだろう。

三郎兵衛は姿勢を変えず、溜池の蓮に視線を投げ続けていた。

一つの気配が、近づいていることは、桐野の囁きを聞く前から、察していた。

しかし、近づいて来る気配のほうを振り向こうとはしなかった。ただ、全身を目と耳の如くして、近づいて来る気配を探る。

「ははは……今日はまた、一段と好い色ではないか」

思わず耳を疑うほど朗らかな声が、三郎兵衛に向かってくる。

（はて、こんな声だったか？）

三郎兵衛は心の中でだけ、首を傾げる。

吉原で、座敷の密談を盗み聞きしたときの記憶を懸命に辿るが、はっきりしない。

三郎兵衛の耳の良さは勘九郎に受け継がれているほどだが、酒に酔った状態で、しかも室内で囁き交わされた声と、早朝の澄んだ外気の中で聞く声は、必ずしも同じものに聞こえなくても、仕方あるまい。

「御屋敷のお池とは、さすがに違いまするなぁ、御家老様」

「ああ、そうであろうとも。こちらの蓮を見てしまうと、御屋敷のお池では物足りなくなるであろうが」

供の者に応じる声音にも曇りがなく、闊達そうであった。

一柳兵庫介と供の者とは、ほぼ並んで歩いて来る。二人の背後に、更に三人ほどの供が従っていた。全員が、勘九郎ほどの年頃と見える若侍である。

身辺に若い者をおきたがるのは、本人の気持ちも若い証拠であろう。

足音と気配がいよいよ三郎兵衛の間合いまで迫ったところで、

「蓮の花というものは、咲くときに弾かれるような音をさせると聞いていたが、さような音は聞かれぬのう」

ふと、独りごちた。

独りごちつつ、ゆっくりと体を動かし兵庫介のほうを向く。

（…………）

三郎兵衛ですら、一瞬見惚れるほどの偉丈夫だ。三郎兵衛もかなりの長身だが、背丈はほぼ変わらない。その上、肩幅が広く恰幅がよい。その立派な上体を、やや反らせ気味に、姿勢良く歩く。

視線を合わさぬよう工夫しながら、三郎兵衛は兵庫介の全身を凝視した。

花を見物に来ているというのは、おそらく本当なのだろう。その体からは、殺気も一片の邪気も感じられなかった。人は、己が心から愛でるもののそばにいるとき、童のような心地になるものだ。

そのとき兵庫介から感じとれたのは、そういう童の心であった。

三郎兵衛はさり気なく目を合わせてみた。

「………」

目があった瞬間、兵庫介は三郎兵衛に向かって軽く頭を下げた。

三郎兵衛は、白絣の着流しに袖無し羽織という隠居風体である。但し、実際には隠居するほどの老人には見ない。

見ず知らずの行きずりの武士に、兵庫介が思わず一礼したのは、三郎兵衛の威風に打たれたというより、大好きな蓮見物で心が童の如くになっていたためだろう。

立ち去りゆくその後ろ姿をしばし見送っていると、

「相撲取りみてえな男だな」

不意に勘九郎が、三郎兵衛の背後から不機嫌そうに呟いた。来ているのは承知していたが、まさか、気づかぬうちにこれほど近寄られていたとは夢にも思わなかった。

どうやら三郎兵衛も、相当緊張していたようだ。

「どう思う？」

「顔が気に入らねえ」

「顔が？　なかなかの男前ではないか」

「だからだよ。見るからに、女にもてそうな面してやがる」

「…………」

三郎兵衛は声をたてずに鼻先で嗤ってから、

「お前、八代屋のほうはどうなっておるのだ？」

やや厳しめの口調で問い、更に、

「お前、お香に嫌われているのではないか？」

わざと勘九郎が傷つきそうな問いを発した。

「そ、そんなことねえよ」

どうやら思い当たるふしがあるらしく、勘九郎は忽ち暗い面持ちになる。

そもそも、先日お香のほうから勘九郎に接近して来たのは、或いはなにか有力な情報でも摑んでいないかと期待してのことであった。

だが、八代屋の失踪以降、銀二と勘九郎の調べは頓挫し、何一つ新しい情報は得られていない。それがわかって、内心少なからず落胆したところに、お香の目から見れば役立たずとしか思えぬ二人を、押しつけられることになった。

先の南町奉行であり、現大目付の地位にある三郎兵衛から、半ば強引に頼まれ（命じられ）てしまい、正直迷惑この上ない筈だ。

「お香が俺を嫌ってるとしたら、爺さんのせいだからな」

「女子（おなご）に好かれぬのを祖父のせいにするとは、呆れ果てた奴じゃな」

「そりゃそうだろ。そもそも、お香は北町の密偵なのに、爺さんの手下みたいに扱われて、迷惑に思ってるだろうよ」

「だからお前は駄目なのだ」

三郎兵衛は深く嘆息し、あきれ声を出す。

「なにがだよ？」

「お香は、密偵だ」

「ああ」

「つまり、前非を悔いて、お上のために働いている女だ。北町であろうが南町であろうが、或いは大目付であろうが、お香にとっては、すべてひとしく『お上（かみ）』なのだ」

「…………」

「わからぬか？　お香は、お上の御用を務めているにすぎぬ。儂の手下になったなどというつもりはさらさらないわ」

「…………」

勘九郎は一層解せぬらしい顔つきで祖父を見返す。

「まだ、わからぬか。お香に見直してもらうには、お前がそれなりの働きを見せるしかないのだ。女は、男に能力があるとわかれば、すぐに見る目を変える」

「能力って?」

「さあなぁ。何一つ満足にできぬお前に、お香以上の働きができるとは到底思えぬが、かというて、なんの役にも立たぬということはあるまい」

孫との不毛な問答に厭きた三郎兵衛は、言いつつ歩を進めだした。なんとなく、一柳兵庫介の去った方向に向かって――。


その日から、三郎兵衛は早朝の溜池に日参した。

もとより、一柳兵庫介と遭遇するのを期待してのことだ。三郎兵衛の望みは容易く叶(かな)い、その翌日も、溜池の辺(ほとり)で、顔を合わせた。すると、

「蓮が、お好きでございますか?」

意外にも、兵庫介のほうから声をかけてきた。

「ええ、まあ」

三郎兵衛は応じた。

小眉を顰めたやや億劫げな顔つきで応じてから、

「貴殿も？」

三郎兵衛は問い返した。

「はい」

兵庫介は素直に肯く。

「昨日も、来ておられましたな」

「はい、この季節の溜池には目がないものでして――」

満面の笑みで、兵庫介は応えた。

「この季節であれば、不忍池（しのばずのいけ）も見事でござるよ。あちらには行かれぬのか？」

「ええ、残念ながら。下谷（したや）のほうは、当家からはちと遠いもので……」

「ああ、このお近くにお住まいでしたか」

大仰に肯きつつ、三郎兵衛は朗らかな笑顔を見せた。

「それがしの屋敷も、この近所でござるよ」

相手に考える余裕を与えず、三郎兵衛は満面の笑顔でたたみかける。

「よろしければ、当家にて、しばしご休息なされぬか？」

「忝(かたじけ)のうございます」

兵庫介は恭(うやうや)しく頭を下げた。しかる後、

「なれど、本日は、これよりちと約束がありまして……もしご縁があれば、後日お目にかかりましたときに、いま一度お誘いいただけましょうか」

完璧な断りの文言(もんごん)を述べてのけた。

「左様か。それは残念」

至極あっさり答えながら、三郎兵衛は内心舌を巻いていた。

完璧だった。年長者に対する敬意のはらい方も、無礼にならない程度の親愛の示し方も。

（なんだこの男、とても悪人には見えぬではないか）

勿論、極端に外面(そとづら)がよく、平然と嘘を吐くことのできる者もいる。そのことは、三郎兵衛自身が一番よく知っている。

眉一つ動かさず——いや、童子の如く無邪気に笑いながら、平然と人を殺すことのできる者もいる。どんなに悪事を重ねようが、決して心を痛めぬ者もいるのだ。

（兵庫介とは、或いはその類(たぐい)の者か？）

三郎兵衛はしばし首を傾げたが、だとしたら、なまじ顔を見て言葉を交わしたりしたのは失敗だったと思わざるを得なかった。

三

八代屋為次郎の行方は、杳(よう)として知れない。

《手妻》のお香が、裏稼業の伝手(つて)を使って調べても、依然としてわからぬままだった。

お香が言うように吉原の何処かに身を潜(ひそ)めているとすれば、確かに捜すのは難しい。

吉原には吉原の掟(おきて)があり、客以外の外の者が自由に出入りするのを拒む傾向がある。

それを承知で、罪を犯した者が大門の中へ逃げ込んでしまうということも屡々(しばしば)で、三郎兵衛も町奉行時代はその扱いには苦労させられた。

苦労させられたが、しかし、三郎兵衛は決して諦めなかった。

「吉原といえども、江戸の市中であることに変わりはない。いやがられようと煙たがられようと、かまわず、日に何度も見回りせよ」

と三郎兵衛は命じた。

皆、その命に従った。

そのことをふまえて、町方が本気になれば、吉原の隅々まで調べることは可能だと三郎兵衛は信じているが、それには奉行の後押しが必要になる。既に町奉行の職にない三郎兵衛が口出しをすれば、現職の石河政朝とのあいだに軋轢(あつれき)を生むだけでなく、奉行と与力・同心たちの関係も悪くなるに違いない。

「八代屋のことは、当分お香に任せるとして、いまは一柳と小野のことを急がねばならん」

松波家の三郎兵衛の居間で、三郎兵衛が告げるのを、勘九郎、銀二、桐野の三人が、神妙な様子で聞いた。

それぞれに思いはあるが、いまはまだ口には出さない。黙って、三郎兵衛の言うことを聞く。

「ついては、一日も早く、小野の上屋敷に入りたい」

(え?)

声には出さず、勘九郎と銀二は同時に驚いた。

「茶会の返礼として招待される話はどうなりました?」

一人、桐野のみが顔色を変えず、淡々と問い返す。

「いや、それはまずいのだ。できれば、次左衛門を通さず、奴に知られることなく、儂だけが招かれたい」

「何故でございます？」

「奴に知られれば、くだらぬ小細工を弄されてしまうかもしれぬ。それは避けたい」

三郎兵衛の答えに桐野は納得したようだが、勘九郎は忽ち顔色を変えた。

「馬鹿言うなよ。上屋敷なんかに踏み込んで、もし五、六十人からの家来に囲まれたら、どうするつもりだよ。いくら爺さんだって、五十人は相手にできねえだろうが」

「小野藩の上屋敷には、常時五十人の家来が詰めておるか、桐野？」

「いまは御領主の参勤中ではありませぬ故、せいぜい、二、三十人といったところでしょうか。……殿様がおられぬのをよいことに、殆どの者が長屋で寝ております」

「桐野もおるし、二、三十人であれば、どうにかなるだろう」

「人数の問題じゃねえんだよ！」

勘九郎は更に言葉を荒げる。

「兵庫介って野郎は筋金入りの悪党なんだぞ。どんな卑劣な罠を仕掛けてくるか、わかったもんじゃねえだろうが」

「桐野はどう思う？」

「小野屋敷でしたら、何度も入って確認しておりますので、大抵のことは防げます。

抜け道も捜しおきましたので、万一のときにはそれを使って逃れることもできます」

「けしかけてどうすんだよ、桐野ッ」

勘九郎の怒りは、忽ち桐野に向けられた。

「桐野さんが大丈夫だっておっしゃってるんですから、大丈夫なんじゃねえですかい、若」

それまで黙っていた銀二が、落ち着いた声音で口を挟む。

「おい、なんだよ、銀二兄まで！　よってたかって、爺さんを殺す気かよ！」

「よい加減にせい、勘九郎ッ！　銀二の言うとおりだ。桐野が大丈夫だと言う以上、大丈夫なのだ。差し出口は大概にせい」

孫の暴言に堪えかね、三郎兵衛も遂に声を荒げた。

「…………」

「儂が決めたことだ。いやなら、お前は来ずともよい」

「だ、誰が行かねえなんて言ったよ」

勘九郎は慌てた。

「では、参るのか？」

「あ、当たり前だろ。行くに決まってんだろうがよ」

「一緒に来るのが怖いから、大騒ぎしたのではないのか？」

と執拗に問う三郎兵衛も相当に大人気ない。むきになる孫が可愛くて仕方ないようだ。

「はぁ？　怖いわけねえだろうがよ。桐野が大丈夫だって言ってんだから」

桐野は目を伏せ、笑いを堪えた。それとなく窺うと、どうやら銀二も同様である。

「ったく、俺以外に、誰が爺さんの供をするってんだよ。ったく……」

口中でぼそぼそ呟いてから、勘九郎はきまり悪げに口を閉ざした。

「それで、先方から招かれもせぬのに、どのようにして上屋敷に入るおつもりでございます？」

なんの他意もなく桐野は問うたが、そんなつもりはさらさらないのに、少し厭味に聞こえる言い方になってしまったことを、口にしてすぐ桐野は悔いた。それ故すぐに続けて、

「大目付・松波筑後守と名乗り、訪問する旨、使者を遣わしまするか？」

三郎兵衛に問うた。

もとより三郎兵衛は、桐野の前言など気にかけてはいない。

「いや、確実に兵庫介がいるときを狙い、こちらから唐突に押しかけるが、名乗りは

せぬ」

「名乗らぬ者を、屋敷に入れましょうか？」

「それについては、儂に少々考えがある」

意味深な口調で三郎兵衛は言うが、果たしてそれがどういう考えなのかを口にしようとはしないので、

（どうせたいした「考え」ではあるまい）

と桐野は思った。

三郎兵衛を軽んじるつもりはないが、人一倍思慮がありそうで、実はさほどでもなかったりするということを、数ヶ月彼の側にいて必要以上に拘わることで、知ってしまった。

桐野にとって、それは決して悪いことではない筈だ。己が身を以て護らねばならぬ人物への理解を深めることは、相手を理解せずただの符号としか見なしていないときとでは全然違う。

現に桐野は、いまやすっかり三郎兵衛のためを思って行動するようになっている。

その翌々日。

いた。

三郎兵衛は紋付き袴を身に纏い、同じ姿の勘九郎を連れて、小野藩上屋敷の門前に
「御家老の一柳兵庫介殿に取り次いでいただきたい」

門卒に告げた。

「大目付・稲生下野守の用人、井坂蔵人と申します」

三郎兵衛が名乗った瞬間、勘九郎は耳を疑ったが、表に出さぬよう平静を装った。

「ただいま、お取り次ぎいたしますので、どうか、使者の間にてお待ち下されませ」

門卒の一人が、すぐに三郎兵衛と勘九郎を招き入れ、入り口の前まで案内した。

屋内に入れば、即ち別の案内人がいる。

「こちらで、しばしお待ちを――」

案内役の番士は、三郎兵衛らをその部屋に導くと、速やかに去った。来客の訪問を、いまはこの屋敷の主人である江戸家老に告げに行くためにほかならなかった。

「なんで、名を偽ったんだよ？」

番士が去ってから、勘九郎が低声で三郎兵衛に問うた。

「いいから、黙っておれ」

三郎兵衛は低く呟き、それ以上は、勘九郎がなんと言っても応えようとはしなかっ

た。

(なんだ、このクソ爺――)

勘九郎の不満は弥増すばかりだが、さすがに敵地に乗り込んでしまっているいま、それ以上祖父に逆らうことはできなかった。

四

「おや、貴殿は――」

一柳兵庫介は、三郎兵衛をひと目見るなり、まるで、蓮の花が咲きほころぶような笑顔をみせた。

(この笑顔が偽りなら、儂は次左衛門に土下座せねばならぬ)

という思いを押し殺し、

「先日は失礼仕った」

三郎兵衛は恭しく頭を下げた。

「主家に迷惑をかけるわけにはゆきませぬ故、あえて名乗らずにいたのですが……、それがしは、過日当家の茶会にてお見かけいたしました故、兵庫介様のお姿を見覚えておりました」

「左様でございましたか。……いや、こちらこそ、井坂殿のお顔を見覚えておらず、失礼仕った」

一柳兵庫介は、屈託のない顔つき口調で言い、更に曇りのない笑顔を見せた。

「いえいえ、こんな顔はどこにでもございますからなぁ。はっはっはっはっはっ……」

三郎兵衛もまた、満面の笑みで応じていた。

一頻り親しげに笑い合ってから、ふと真顔になり、三郎兵衛は威儀を正す。

「本日は、主人・稲生正武の使いで参りました」

「して、どのようなご用件でございます？」

「主人が申しますには、確か、こちらの御屋敷には、御藩祖・直家公が、御父上である伊予西条藩主・直盛公より譲られた天正の頃の茶器が所蔵されている筈。大変貴重な品であることは、重々承知いたしておりますが、もし宜しければ、拝見させていただけぬか、と――」

「秘蔵の茶器、でござりまするか」

兵庫介はあからさまに顔を曇らせた。

藩祖の直家が分家して小野藩に封じられたのは寛永年間のことだ。そんな大昔のことを突然言い出されて即答できるほど、兵庫介は藩が所蔵する宝物に精通してはいない。そもそも、藩の宝であれば、江戸屋敷ではなく、国許の陣屋の宝物蔵にこそ、所蔵されているべきではないのか。

「井坂殿」

「はい」

「何分、古いこと故、すぐにはお答えできかねます。数日のうちに調べておきます故、ここは一旦お引き取り願えますまいか」

「なんと！」

三郎兵衛は忽ち顔色を変えた。

「数日のうちに調べられることであれば、いますぐにでも調べられましょう。それがしとて、童の使いではございませぬぞ」

激昂の一歩手前まで声を荒げる。

「い、井坂殿」

「どうしても、お調べ願えませぬか？」

それでなくても鋭い眼光に、これでもかとばかりに力をこめ、三郎兵衛は一途（いちず）に兵庫介を見据えて言った。

これまで、三郎兵衛のこの眼力をまともにくらって跳ね返せた者は、一人もいない。

「…………」

おそらく兵庫介にも、できないだろう。

「中庭を抜けて、しばし西へ行った先に、小さな納屋(なや)がございます。その納屋の中に、本来貧しい筈の小野藩の金蔵に何故(なにゆえ)千両箱が幾つも積まれているのか、ということの答えが隠されていると思われます」

桐野の言葉を、三郎兵衛は耳朶(じだ)に反芻(はんすう)しながら、その納屋を目指した。

勿論、聞かされているのは三郎兵衛一人で、勘九郎はなにも知らない。

知らぬながらも、

「何処に行くんだよ？」

とも問わず、勘九郎は無言で祖父のあとに続いた。

勿論、不満は山ほどある。祖父と桐野のあいだには、二人だけが知る、なんらかの事実があるのだ。だから、勘九郎が如何に無茶だと騒ごうが、強引にこの計画を決行した。

それは、気にくわない。

決行するなら、自分にもすべてを明かしておくべきではないか。

だが、秘密にするからには、屹度それなりの理由もあるのだろう。

美丈夫で偉丈夫な江戸家老の一柳兵庫介が、三郎兵衛の提示した難題に困惑し、

「しばしお待ち下されませ」

と座を外したのをいいことに、三郎兵衛はそそくさと部屋を出て、庭へ降りた。最前玄関での、「履物を袂に隠し持て」という三郎兵衛の謎の指示は、このためだった。

大名家の屋敷の庭は何処も似たり寄ったりだが、一柳家の庭園はなかなかに粋が凝らされている。池の蓮の花も、数こそ少ないが紅の色の鮮やかさは、或いは溜池のものと比べても全く遜色がなかった。

（しかし、いくら殿様が留守だからって、家来の数が少なすぎやしないか？）

勘九郎は首を捻る。

勿論、事前に桐野が調べておき、人の少ない日を選んでいるのではあろうが、それにしても少ない。以前勘九郎が潜入した大名屋敷も、小野藩とさほど変わらぬ小藩であったが、昼も夜も、警護の武士が邸内をうろついていた。

（まあ、あれはまたワケありの家で、屋敷の中で贋金造りなんぞしてやがったからな

んだが……）

思いながら、勘九郎は三郎兵衛についてやや速歩（はやあし）で歩いた。

はじめて足を踏み入れた屋敷の庭でうっかり三郎兵衛とはぐれたりしたら、二度と屋敷の外に出られなくなる。勘九郎の歩みは無意識に速まる一方だ。

三郎兵衛は、誰にも見咎（みとが）められぬのをよいことに庭の隅々まで歩きまわり、何処にも警護の武士の姿がないのを確認した。

その果てに、屋敷のはずれにある小さな納屋の前に辿り着く。

「物置小屋？」

勘九郎の問いには応えず、三郎兵衛は次の瞬間、小屋の戸に手をかけていた。

手をかけて力をこめ、一気に開け放つ。

「ぬぁッ」

気合と共に開け放った先に、思いがけない光景があった。

即ち、小屋の中には人がいた。

火鉢（ひばち）や臼（うす）など、日頃は使わぬ道具が積まれているだけではなく、小屋の奥には筵（むしろ）が敷かれ、卓袱台（ちゃぶだい）や夜具や行灯（あんどん）が置かれている。まるで、割長屋の狭い部屋のようであった。

その狭い空間に、一人の男が小さく蹲っている。

年の頃は四十がらみ。よく見ると、蹲っていたわけではなく、背中を丸めて鏡箱の鏡に見入り、髭を当たっていたようだ。

「なんですか、兄上、急に、乱暴な」

その男は手を止め、苦情を述べつつ、三郎兵衛を顧みた。

「…………」

そして忽ち、表情を凍りつかせた。

「え？　八代屋為次郎？」

同時に勘九郎も茫然と口走る。

「あいつ、八代屋だよ、爺さん。……なんだって、こんなところに八代屋がいるんだ？」

「やはり、そうか」

勘九郎の言葉を聞いても三郎兵衛は全く驚かず、ニヤニヤしながら八代屋を見つめていた。

八代屋のほうも、当然三郎兵衛を凝視している。

その身に纏った上等な黒縮緬の着物は、納屋の住人には相応しくないが、髷は勘九郎も見知った町人髷だ。

そうでなければ、或いは勘九郎には、ひと目見てその男が誰なのかわからなかったかもしれない。下顎のあたりに、うっすらと不精髭を蓄えてしまえば、それだけで別人のように目に映る。

「誰だ？」

と誰何しないところをみると、八代屋のほうでも、三郎兵衛の顔を見知っているのだろう。

「兄上でなくて、悪かったのう、八代屋」

「ど…どうしてここに？」

八代屋は、漸く声を発することができた。

座ったまま、その場から無意識に後退るが、所詮手狭な物置小屋だ。すぐ壁にぶちあたることになる。

「どうしてここにいるのか、と儂に問うなら、先ずは貴様のほうから答えるがよい」

「な、なにを……？」

「高柳藩の上屋敷から火事を出せば、何故儂が必ずその場に居合わせると思ったのか。兵庫介は儂の顔を知らず、うぬは見知っておるようじゃが、一体何処で見知ったのか？……そもそも、何故儂の……いや、大目付の命をつけ狙うのか」

「…………」

八代屋は答えない。

「兄の……兵庫介のためか？」

答えぬ八代屋に代わって、三郎兵衛は問い続ける。

「え、八代屋は、兵庫介の弟なの？」

勘九郎は忽ち色めきだつ。

「幼い頃、江戸の旗本に養子に出されたようだ」

三郎兵衛の言葉に、いちいち反応していた八代屋であるが、ふとなにかに気づいたらしく、小さく身を捻ると、傍らの籐籠に手を伸ばす。咄嗟に籠から取り出したものの正体を、いち早く勘九郎は察した。

「短筒だ！」

叫ぶとともに、自ら身を乗り出し、すかさず三郎兵衛の体を背に庇う。

「狼狽えるでない、勘九郎」

が、三郎兵衛は少しも慌てない。

「素人の撃つ弾など、おいそれと当たるものではないわ」

「し、素人かどうか、いま、思い知らせてやるッ」

短筒を構えた八代屋は、最前までとは形相を一変させ、その銃口を三郎兵衛に向けた。いや、実際には、三郎兵衛を庇った勘九郎に向くことになるのだが。

「素人でも、この近さだ。まぐれで当たることもあるッ」

勘九郎は身を挺して三郎兵衛を庇いつつ、

「逃げろ、爺さんッ」

必死に叫んだ。

「死ねぇーッ！」

血走った目で叫ぶとともに、八代屋は引き金に指をかける。

八代屋が構えた短筒から、勘九郎までの距離はほんの二間(けん)足らず。割長屋よりも更に狭い。その距離ならば、目を瞑(つぶ)っていても当たると踏んだのだろう。

ろくに狙いもつけず、ガクガクと両手を震わせながら、八代屋は引き金を引いた。

ごがぉッ……

銃口が火を噴くその一瞬前に、だが、

「がぁッ」

八代屋自身が、口から火を噴いて悶絶した。その一瞬、三郎兵衛がすかさず傍らから手にとって放った鉄瓶が、八代屋の顔面を直撃したのだ。

短筒の弾は不発に終わり、八代屋はそのまま背後に倒れて昏倒した。

「さ、左馬之助ッ」

漸く駆けつけてきた兵庫介が、小屋の入口から弟を呼んだ。

「漸く来られたか、兵庫介殿」

三郎兵衛は徐に振り向いた。

「こ、これは……一体、い、如何なる仕儀にございまするか、井坂殿？」

兵庫介の狼狽した顔は、なまじ整っているだけに、少しく滑稽だった。その堂々たる体軀が、何故か嘘のように小さく見える。まるで、元服前の少年の如く、小さく見えた。

「貴様、どうやら本当に、儂の顔を知らぬようだな」

三郎兵衛は口中に激しく舌打ちした。

「え？」

「儂は、お前が殺そうとしていた大目付だぞ」

「………」

兵庫介はさすがに驚愕し、無意識に数歩後退った。

「殺そうとしている者の顔ぐらい、見覚えておくものだ。たわけッ」

「だ、誰か……で、出あえ…うぐッ」

叱責されて更に恐懼し、忽ち大声を出して人を呼ぼうとする兵庫介に、三郎兵衛は素早く近づいた。近づきざま、その肉厚な体に強く当て身を入れる。

「ぬぐぅ……」

忽ち蹲って悶絶すると、あっさり白目を剝いて落ちた。

(立派な体の持ち腐れだな)

そのとき、三郎兵衛と勘九郎は、ともに同じことを思った。

何処からか不意に現れた桐野と銀二が、既に昏倒している八代屋——いや、左馬之助の体を手際よく縛り上げ、次いで兵庫介をも縛り上げた。

「なるほど、そういうことか」

勘九郎はぼんやり呟いた。

桐野が、あれほど自信たっぷりにこの屋敷に入ることに賛同したのは、このためだった。

桐野は、この屋敷に侵入した当初から、八代屋の存在に気づいていたのだろう。

桐野の異能はいまはじめて知ったことではないが、ここまで鮮やかに思い知らされると、勘九郎には矢張り面白くない。

「なんだよ、桐野。八代屋がこの屋敷に匿(かくま)われてるって知ってたなら、言ってくれればよかったじゃないか」

些か恨みがましい口調で言うと、

「私は八代屋の顔を存じませぬので、確信はありませんでした。それで、若に顔を見ていただこうと思ったのです」

悪びれもせずに桐野は答える。

「だったら、はじめから、そう言えよ」

とは言わず、勘九郎はそれきり口を噤んだ。

それ以上、桐野への不満を訴えれば、童のわがままにしかならないということに、気づいたが故だった。

五

八代屋為次郎。

もとは、小野藩主一柳家の分家の二男・左馬之助であった。分家であると同時に、主は先代の頃から江戸家老を勤めている。

当然江戸定府であるから、旗本や譜代大名とのつきあいも広がる。その結果、三百石の旗本黒沼家から乞われ、妾腹の二男を養子に出した。

黒沼家は代々無役の家柄ながら、元服した左馬之助は精進し、なんとか役に就くことができた。

しかし、二十歳そこその若さで長崎奉行の与力となったことは、左馬之助にとって、あまりよくなかったのかもしれない。

妻を迎える以前に、丸山遊廓の煌びやかさを見てしまった。女というものを知る以前に、美しい顔をした彼女らが、如何に不実で、如何に男を偽るのかを、知ってしまった。即ち、女に対する夢は潰えた。

その代わり、別な野心がむくむくと芽生えた。即ち、異国人と組めば、如何様にも金儲けができる。金さえあれば、どのような夢も叶うのだ、という現実だ。

金の魅力に取り憑かれると、左馬之助はあっさり武士を捨て、商人となった。

長崎奉行所の与力時代に掠めた金を元手に、一家を為すことは容易かった。家柄だの血筋を重んじる武家社会と違い、商人の世界では金だけがすべてだった。そして、金を儲ける方策については、一度そのコツを摑めば、あとは存外容易いものだった。

出島に訪れる阿蘭陀人も清人も、欲しい物を、欲しいだけ得られているわけではない。一度に取り引きできる数には制限があるのだ。

だが、もし欲しいだけ手に入れることができたなら、恣に利益をあげられる。

つまり、誰にも制限されることのない、「抜け荷」だ。

抜け荷は御法度だが、露見しなければ、なんということもない。かつてそれを取り締まる側であったことが幸いした。

商人となった左馬之助は、一途に利を追求し、夢のように楽しいときを過ごすことができた。金さえあれば、およそできぬことはない。美しい女も、この世の珍味も、望むだけ手に入る。あまりにも、手に入り過ぎたのだろう。

貧乏旗本では到底味わえぬ贅沢にもそろそろ飽きはじめた頃、左馬之助は幼い頃別れた兄と再会した。

一別以来二十年以上過ぎていたのにひと目で兄だと認識できたのは、奇跡にひとしい。

浅草の御厩河岸を通りかかっているとき、耳ざわりのよい声を聞いた。

「よいよい。なにも、急ぐことはない」

柔らかく優しく、下の者を労る者の声音だった。

（兄上？）

左馬之助は思わず振り向き、そこに、一人の偉丈夫を見出した。

（兄上！）

間違いない、と確信した。

その後、人を使って小野藩のことを調べさせた。養子に出されたのは十になるかならぬかの年で、実家のことはあまりよく覚えてはいなかった。

それでも、大好きな兄を、一日たりとも忘れたことはなかった。そもそも、養子先の黒沼家で懸命に努力したのは、いつか兄に再会するときのためだった。

人を使って調べさせた結果、兄の兵庫介が小野藩の江戸家老という地位にあることを知った。

（兄上ほどのお方が、江戸家老……）

それは、堪え難いことだった。

それ故に、左馬之助は漸く、兄に会うことを決意した。

もし兄が、いまの左馬之助以上に幸せであったなら、そんなつもりは全くなかった。

だが、さほど裕福ではない小藩の江戸家老が、湯水の如く金を湧き出すことのできる自分よりも幸せだとは到底思えなかった。

それ故左馬之助は名乗り出た。

「お会いしとうございました、兄上」

「左馬之助か」

兄は、満面の笑みで受け入れてくれた。

「大きゅうなったのう」

とうに四十を過ぎた弟を、まるで十かそこらの童のごとくに迎え入れてくれた。

「兄上……」

兄の足下に泣き崩れて、左馬之助は蠢いた。己の存在の意味などわからぬほどに、ただ泣いた。

その後は、最愛の兄を藩主の座に就けるということを目標に生きてきた。

金儲けには一層力を入れ、邪魔者を排除するために、破落戸や伊賀者なども雇い入れた。

「別に、江戸家老のままでもよいのだがな。江戸暮らしは楽しいし……」

はじめのうちはあまり乗り気でなかった兄も、

「家老と藩主とでは、天と地ほどにも違いまするぞ。そもそも兄上は一柳家の御家門なのですから、藩主の資格は充分にございます」

左馬之助の言葉に、次第に心を動かされるようになった。

邪魔になる大目付を狙うという計画についても、最初は尻ごみしたものの、すぐ乗り気になった。兄の配下と、金で雇った者たちを使い、松波三郎兵衛とその孫・勘九郎の身辺を、徹底的に調べあげた。その結果、あの日彼らが愛宕山に登るであろうことを予期し、かねてから配下を潜入させてあった高柳藩邸から出火させた。軽薄な勘九郎なら忽ち火事見物に駆けつけるだろうし、孫をほうっておけない祖父もまた、火事場に来ることになる。そこで、あえて火事場に侵入する怪しい男を見かけたなら、その正体を確かめずにはいられなくなる。そこまでは、完璧だった。ただ一つの誤算は、雇った伊賀者たちの腕が存外なまくらだったことだ。

野心というものは、一度胸に萌(きざ)すと己の力ではどうにもならず、気がつけば、害虫の如く心を蝕(むしば)み、遂には食い尽くしてしまうものらしい。

松波の屋敷へ連れて来られ、すべてを語り終えた後に、左馬之助は、顔色を失って項垂(うなだ)れたきり、一言も口をきかぬ兵庫介の横顔をしみじみと見つめた。

しかる後、

「兄上が、羨ましかった」

左馬之助は再び口を開いた。

「同じ兄弟なのに、父上からも母上からも当たり前のように愛され、可愛がられて……同じ兄弟なのに……俺は全く愛されなかった。当然だ。俺は醜く、なにもかも、兄上より劣っていた。……だから、貧乏旗本の家などに養子に出されたのだ。黒沼の父は、貧乏旗本のくせに、行儀にはやかましくて、苦痛で仕方なかった。それでも、我慢して我慢して、やっと家督を継いで得た職が、遠国奉行の与力。……だが、長崎くんだりまで出向いたことは、決して無駄じゃなかったよ。どうすれば、手っ取り早く金を稼げるか、わかったのでね。はーっはははは……」

左馬之助の口調は、途中から狂気を帯びていた。

最前までとは別人のような、まるで童のように甲高い声を張りあげたかと思うと、遂には狂ったような哄笑を放つにいたった。

「うはははは……うはうは……うはははは……」

笑い続ける左馬之助の目は、既に傍らの兄を映してはいないようだった。

※

「それで、小野藩には構いなし、か？」

如何にも不器用な手つきで点てた茶を三郎兵衛の前へ置きながら、吉宗は問うた。

三郎兵衛は黙って茶碗をとり、作法どおりに喫してから、

「結構なお点前でございました」

恭しく述べ、しかる後、

「すべては、一柳兵庫介とその弟・左馬之助こと、八代屋の謀りしことにございますれば、この二人を誅するだけで充分かと存じます。もっとも、下州めは、恩に着せて金でもせびるつもりのようですが」

口調を改めてその問いに応えた。

狭い茶室の中に、いまは吉宗と三郎兵衛の二人きりだ。いつも将軍の側近く侍る近習ですら、入口から遠ざけられている。

「寧ろ、藩主の一柳末栄は、これにとって代わらんと密かに命を狙われておりました被害者でございます」

「なるほど」

吉宗は一旦肯き、しばし考え込む様子であったが、

「しかし、その兵庫介なる者、本当に自らの意志で、藩主に取って代わろうとしていたのであろうかの」

少しく首を傾げつつ、言う。

吉宗のそういう表情は、ちょっと煩い。それ故、

「どういう意味でございまするか、上様?」

注意深く、三郎兵衛は問い返した。

「そちの話を聞く限り、兵庫介は、まるで弟に操られていたようにしか思えぬ。大目付の暗殺未遂をはじめ、すべての悪巧みは、すべて弟の腹から出たものであろう」

「そうかもしれませぬ」

「抜け荷をしておった弟はそれだけで十分死罪だが、高柳藩邸への付け火には、直接関わっておらぬのであろう。そちと下野の暗殺にも失敗しておるし。切腹は厳しすぎるのではないか?」

「これはしたり。上様のお言葉とも思えませぬ」

三郎兵衛はどこまでも厳しい口調で言った。

「悪しき者を屋敷に匿うたのですから、十分死罪に値いたします」

「憐れよのう。まんまと弟に操られ、身を滅ぼすとは──」

「兵庫介に、いま少し知恵や分別というものがあれば、身を滅ぼしてはおりませぬ。自業自得でございましょう」

「相変わらず、手厳しいのう、そちは」

吉宗は口許を弛めて僅かに破顔ったようだ。

それから、またしばし考え込む様子をみせ、再び口を開いたときには、

「ちっとも、耄碌などしておらぬではないか。……稲生め、よい加減なことを申しおって」

すっかり笑顔になっている。

「下州めが、上様になにか申しましたか？」

「ああ、近頃そちは物忘れがひどく、足腰もすっかり弱ったようで、見ていられぬから、役を退かせてやったらどうか、と――」

「なんと！　下州めが、そのような根も葉もない誹謗中傷を！　許せませぬな！」

三郎兵衛は思わず怒りの言葉を口走り、同時に、

(次左衛門め、今度会ったときには、もう二度とくだらぬ妄言を吐けぬよう、その口ひき千切ってくりょうぞ)

心中深く誓ったことは言うまでもない。

「まあ、そう申すな。余ははじめから信じておらぬ」

「当たり前でございます」

憤然として三郎兵衛が言い返すと、吉宗は遂に声を立てて笑いだし、しばらく笑い止むことはなかった。

二見時代小説文庫

偽りの貌 古来稀なる大目付2

二〇二一年 四月二十五日 初版発行

著者 藤 水名子

発行所 株式会社 二見書房
〒一〇一-八四〇五
東京都千代田区神田三崎町二-一八-一一
電話 〇三-三五一五-二三一一［営業］
〇三-三五一五-二三一三［編集］
振替 〇〇一七〇-四-二六三九

印刷 株式会社 堀内印刷所
製本 株式会社 村上製本所

 ISBN978-4-576-21043-8
https://www.futami.co.jp/

藤 水名子

火盗改「剣組」シリーズ

①鬼神 剣崎鉄三郎
②宿敵の刃
③江戸の黒夜叉

《鬼平》こと長谷川平蔵に薫陶を受けた火盗改与力剣崎鉄三郎は、新しいお頭・森山孝盛のもと、配下の《剣組（つるぎぐみ）》を率いて、関八州最大の盗賊団にして積年の宿敵《雲竜党》を追っていた。ある日、江戸に戻るとお頭の奥方と子供らを人質に、悪党たちが役宅に立て籠もっていた…。《鬼神》剣崎と命知らずの《剣組》が、裏で糸引く宿敵に迫る！